<중국 여행기 2: 계림, 서안, 화산, 황산, 항주>

신선이 살던 곳

송근원

<중국 여행기 2: 계림, 서안, 화산, 황산, 항주>

신선이 살던 곳

발 행 | 2023년 2월 2일

저 자 | 송근원

펴낸이 | 한건희

펴낸곳 | 주식회사 부크크

출판사등록 | 2014.07.15.(제2014-16호)

주 소 | 서울특별시 금천구 가산디지털 1로 119 SK트윈타워 A동 305호

전 화 | 1670-8316

이메일 | info@bookk.co.kr

ISBN | 979-11-410-1425-4

www.bookk.co.kr

머리말

지난 번, 〈중국 여행기 1: 크다고 기죽어?〉에서는 북경과 만리장성, 그리고 장가계와 상해, 항주, 주가각을 소개하였는데, 여기 〈중국 여행기 2: 신선이 살던 곳〉에서는 계림, 양삭, 이프와 서안, 병마용, 화산, 그리고 황산, 휘주 등을 소개하려 한다.

2013년 1월, 동서인 마암과 처제, 그리고 집사람 이렇게 넷이서 계림을 방문하였다.

2003년 베트남의 하롱베이를 보았을 때, 바다 위에 수석들을 모아 놓은 것 같은 섬들의 경치에 넋을 잃고 술도 안 취했던 기억이 나는데, 계림은 육지의 하롱베이라는 말 그대로 역시 빼어난 풍광이다.

세상에 이런 경치가!

더욱이 마음 맞는 동무가 있었고, 일행 중에서 대천에 사는 또 다른 벗을 사귀게 되었으니 여행으로서 남을 만하다.

여행이 풍광을 즐기고 그곳 풍습이나 생활을 엿보고, 그리고 깨달음과 배움을 얻는 것이라면, 이들을 즐기며, 새로운 벗을 사귈 수 있는 기회가 된다는 것은 여행의 또 다른 덕이다.

그러다가 금년 4월 부산에서 중국 서안 가는 여행 패키지가 있어 집사람과 함께 진시황을 만나러 떠나게 되었다.

서안에서 본 옛 당 현종과 양귀비의 흔적들을 기억에 담고, 진시황릉과 병마용, 그리고, 화산도 방문했다.

진시황릉은 일개 야산에 불과했으나, 병마용은 대단한 것이었고, 화산 역시 참으로 수려한 바위산이었다.

그러나 중국 서안 서쪽에 있다는, 중국 당국에서 알려질까 봐 쉬쉬한다는 동이족들의 피라미드들은 패키지여행이라서 가볼 수 없었다.

한편, 황산은 6월에 가기로 예정되어 있었으나, 갑자기 뇌졸중 증세가 와서 취소하였다가 8월 말 가게 된 것이다.

중국 최고의 명산이라는 말 그대로 황산은 산 중의 산이었다. 특히 운무에 싸인 황산은 참으로 볼만한 풍광이었다.

그러나 황산은 골이 깊고 가파르기 짝이 없어 나이든 분들에게는 매우 힘든 코스였으나 고생스러운 만큼 볼 만하기는 하다.

이어 이어진 당월패방군과 정감촌 등 청나라 때 모습의 옛 마을들을 방문한 것도 새로운 경험이었다.

한편 마지막 날에는 항주를 갔는데, 〈중국여행기 1〉에서 이미 다녀온 데라 시큰둥했으나, 이번에는 옛날에 가보지 않은 곳으로 가는 바람에 그런대로 다녀온 보람이 있다.

비록 항주의 송성과 서호유람 등은 5년 전에도 가본 곳이지만, 그동안 변하기도 엄청 많이 변하여서 전혀 다른 새로운 모습을 보여주었다.

이렇게 중국을 가 보았지만, 아직도 중국을 모른다.

기회가 닿는 대로 태항산도 가보고, 구채구도 가보고, 그리고 홍콩도 가보고, 대만도 방문해야 한다.

여기저기 샅샅이 보고 중국을 기록해야 하나, 그러지 못하고 일단 가본 곳을 중심으로 여기에 기록을 남긴다.

읽는 분들의 중국 여행에 조금이나마 도움이 된다면 좋겠다.

2017년 가을에 쓰고
2018년 1월에 전자출판하고
2023년 2월 칼라판으로 펴냄
송근원

차례

계림, 양삭, 이프
(2013. 1.14~1.19)

서안, 병마용, 화산

(2017. 4.26~4.30)

황산, 항주
(2017. 8-27~8.31)

1. 서해 일몰

2013.1.14 월

12시 출발하는 부산 발 인천공항 리무진을 타기 위해 고속터미널로 향했다.

5시간 반 걸린다니까 공항에는 5시 30분 도착 예정이다.

6시에 하나투어 여행사와 만나기로 되어 있으니 고속도로에서 정체만 되지 않는다면, 시간은 잘 맞는다.

KTX로 가면 서울까지 3시간, 서울 역에서 공항철도로 인천공항까지 1시간 잡으면 4시간 정도 걸리겠지만, 리무진은 인천공항까지 직통으로 가니 더 편리한 것 같다.

게다가 KTX는 차비가 너무 비싸다. 둘이 합하여 십만 원도 넘는다. 리무진은 둘이 합해도 8만 5천 원이 채 안 된다.

리무진은 고속도로로 잘도 달린다.

처음 타보는 인천대교는 인천 송도에서 인천국제공항까지 21.38km이고, 교량 구간만 18.35km로 우리나라에서 제일 긴 다리라 한다.

바다 위 인천대교를 달리면서 서해로 지는 일몰을 본다.

서해로 지는 해 속에는 인천 공항에 착륙하는 비행기가 삼족오(세발까마귀: 태양 속에 산다고 하는. 다리가 세 개인 전설상의 새)처럼 까맣게 보인다.

전혀 막히지 않고 공항에 도착한 것은 5시쯤이었다.

지호네는 아직 도착하지 않았다.

미팅 장소로 가보니 우리밖에 아무도 없다.

좀 있으려니 하나투어에서 사람이 나와 여행 프로그램과 단체비자 복

서해 일몰

사한 종이를 준다.

우리 팀은 모두 13명인데, 5명은 따로 비자를 받았고, 8명은 단체비자를 받았는데, 내가 대장이라 한다.

5명은 교사 부부와 그 장인 장모와 아들로 다섯이고, 8명은 우리 부부, 지호네 부부, 대천에서 온 젊은 부부, 그리고 젊은 아버지와 아들로 구성되어 있는데, 내가 비자 원본을 들고 제일 앞장을 서야 한단다.

허, 참!

살다 보니 내가 대장 노릇할 때도 있네 그려~.

허긴, 여행을 하니 대장 노릇도 해보는 것이다.

여행이 좋긴 좋은 거다. 관광도 할 수 있고, 때에 따라서는 대장 놀이도 할 수 있다.

6시에 일행들을 이끌고 수속을 밟아 짐을 부치고 8시 30분 비행기를 탄다.

이륙하자 저녁을 준다.

아시아나라서 서비스가 좋다.

시차 한 시간을 빼서 구이린[桂林 계림] 공항에 도착한 것은 현지 시간으로 11시 50분인데, 밖으로 나오니 12시 반이 훌쩍 넘는다.

공항 밖에는 현지 가이드인 김00가 기다린다.

버스에 타고 호텔로 향한다. 호텔인 윤동주점(潤東酒店)에 도착하니 1시 반이다.

가이드는 아침 8시에 모닝콜, 9시 30분 출발이라 한다.

2. 우산공원이 왜 우산공원인가 했더니…….

2013.1.15 화

호텔 식당의 밥이 영 시원찮다.

9시 반, 우산공원(虞山公園)으로 간다.

순(舜) 임금이 다녀간 것을 기념하여 산 밑에 우제사당을 지은 곳이다. 순 임금의 이름이 우(虞)라서 순 임금을 우제(虞帝)라 부른다.

날씨는 꾸물거려 보슬비가 내린다.

우산을 하나 사고 우비도 하나 산다.

우산을 쓰고 우산공원으로 들어간다.

우산공원이 왜 우산공원인가 했더니 우산을 쓰고 들어가야 하기 때문

회음벽 앞에서

인 거 같다. 역시 이름값을 한다.

이곳은 갠 날이 별로 없고 늘 비가 오다 말다 그런단다.

입구에 들어서니 잘 꾸며진 계단식 정원이 있고 계단 맨 위 가운데에는 분수가 물줄기를 뿜어내고 있다.

오른쪽으로 꺾어 나무들 사이로 걸어가면 회음벽이 나온다.

회음벽에는 악기를 연주하는 사람들이 돋을새김 되어 있고, 좌우로는 복 복(福) 자와 목숨 수(壽)라는 글자가 다양한 서체로 새겨져 있다.

회음벽 앞에는 돌로 된 바닥이 있는데 그 가운데는 동그랗게 까만색으로 되어 있다.

그냥은 그렇지 않은데, 까만색 바닥에 서서 회음벽을 보고 소리치면 소리가 크게 울리며 반향되어 자신의 귀에 들어온다.

마치 확성기를 사용하는 듯하다.

여기에서 복(福)이라고 외치면 복이 들어오고, 수(壽)라고 외치면 오래 살 수 있다고 한다.

그러니 관광객들마다 까만색 바닥 위에서 복과 수를 외치는 것이다.

"복~" 하고 소리를 지르면, 소리를 지르는 잠간 동안이라도 일단은 행복해진다.

그렇지만 "수~"라고 소리를 지르면 정말 오래 사는지는 두고 볼 일이다.

'복'과 '수'를 외치는 사람마다 모두 행복해지거나 오래 사는 것은 아니겠으나, 이런 전설이 관광객을 불러 모으는 것이다.

회음벽 앞 왼쪽으로는 구중천(九重天)이라는 하늘 문이 있다.

구중천이란 하늘을 아홉으로 나누어 부르는 이름이다.

중앙이 균천(鈞天), 동쪽 하늘을 창천(蒼天), 동북쪽 하늘을 변천(變天), 북쪽 하늘을 현천(玄天), 서북쪽 하늘을 유천(幽天), 서쪽 하늘을 호천(昊天), 서남쪽 하늘을 주천(朱天), 남쪽 하늘을 염천(炎天), 동남쪽 하늘을 양천(陽天)이라 한다.

구중천 끝에는 용의 얼굴이 돋을새김 되어 있는데, 여의주를 물고 있어야 할 입 속에는 여의주가 없다.

누군가가 훔쳐 간 모양이다.

어찌되었든 용 입에 손을 넣으면 소원이 이루어진다고 한다.

근디, 여의주 없는 용은 이무기에 불과할 터인데, 소원을 이루어 줄 수 있을까?

회음벽 맞은편으로는 오복탑이라는 탑이 서 있다.

나무로 만든 5층 목탑인데, 맨 위층인 5층까지 오르면 다섯 가지 복을 받는다고 한다.

다섯 가지 복이란 수(壽: 오래 사는 것), 부(富: 부유하게 사는 것), 강녕(康寧: 건강하게 사는 것), 유호덕(攸好德: 덕을 좋아하고 베푸는 것), 고종명(考終命: 깨끗한 죽음을 맞는 것)의 다섯을 말한다.

꼭 복을 받기 위해서는 아니지만 오복탑을 오른다.

탑에 오르면서 보면, 오른쪽 문 밖으로 물 위에 전각이 하나 서 있는데, 탑에 오르는 돌계단과 탑의 처마와 잘 어울려 한 폭의 그림을 연출한다.

탑 3층에는 큰 종이 있고, 한쪽 구석에는 조그만 책상이 있고 사람이 앉아 있다.

이 종을 치면 복을 받는다고 한다.

2. 우산 공원이 왜 우산공원인가 했더니…….

오복탑에서 본 물 위의 전각

계림, 양삭, 이프 편

그렇지만 종을 치려면 책상에 앉아 있는 사람에게 돈을 내야 한다.

가만히 생각해보니, 종을 치면 책상에 앉아 있는 사람에게로 복(돈)이 가는 것은 분명한데, 종을 치는 사람에게도 복이 오는지는 모르겠다.

탑 오층에 오르니 주변 경관이 좋기는 좋다.

비록 날씨는 흐리지만, 계림의 봉우리들이 이곳저곳에서 솟아 있고 그 사이에 계림 시내가 자리 잡고 있는 모습이 참으로 신기하고 아름답기도 하다.

그 가운데 눈길을 끄는 것은 회음벽 뒤에 있는 누군가의 집이다.

집 마당 한 가운데에는 못과 정원이 조화롭게 배치되어 있다.

저기에는 누가 사나?

그것이 갑자기 궁금해진다.

오복탑 처마의 종

2. 우산 공원이 왜 우산공원인가 했더니…….

이심원 안의 작은 폭포

오복탑에서 나와 이심원(怡沁園)을 지나 우제사당으로 향한다.

이심원이라! 기쁨이 마음으로 스며드는 정원이라니 이름 하나는 근사하게 지었다.

이심원을 지날 때에는 작은 폭포를 거쳐야 한다.

폭포의 물줄기가 마음을 씻어 주고 기쁨이 스며들게 해 주는 듯하다.

3. 우산공원의 인기 스타

2013.1.15 화

이심원을 나오면 우제사당이 보인다.

우제사당으로 들어가는 입구에는 돌로 된 세 개의 다리가 있다.

왼쪽부터 재운교, 관운교, 평안교라 하는데, 각각 재물이 들어오는 다리, 벼슬이 들어오는 다리, 마음이 편안해지는 다리라는 뜻이다.

가이드는 평안교를 지날 것을 권유한다. 마음 편한 것이 세상 제일 아니냐며.

이 역시 관광객들이 다리를 건너는 체험을 하도록 만들어 낸 일종의 현대판 전설이다.

성황전의 미녀

라마교의 사리탑

사람마다 원하는 대로 다리를 건너 우제사당으로 들어간다.

우제묘로 들어서면 오른쪽 왼쪽으로 전각이 담처럼 빙 둘러져 있는데, 그 가운데에는 거북이가 한 마리씩 돈 통을 들고 앉아 있다.

저기에다 돈을 넣으면 복과 수를 누린다나?

역시 복과 수는 돈이 있어야 누릴 수 있는 것이다.

우제사당 오른쪽에는 성황전이 있고 날씬한 미녀가 모셔져 있다.

우리나라 성황당에는 호랑이나 호랑이 탄 산신이 모셔져 있는 게 보통인데…….

우제묘 앞에는 1m가 넘는 향불들이 다발로 타오르며 향내를 내뿜는다.

그저 휘익 둘러보고 우제묘를 나선다.

우제묘 밖에서 왼쪽으로 난 길을 따라가면, 라마교의 사리탑들이 나오고 그 옆으로는 장개석 총통이 묵었다는 별장이 나온다.

지금은 장개석 기념관으로 쓰고 있다.

라마교 사리탑 앞 왼쪽에는 돌로 만든 피슈[貔貅 비휴]라는 동물 조각상이 있다. 여기서 비(貔)는 수컷, 휴(貅)는 암컷을 말한다.

왼발을 내밀고 있는 놈이 수컷이고, 오른발을 내밀고 있는 놈이 암컷이라는데, 보통 수컷은 권력을 상징하는 둥근 공을 왼발로 누르고 있고, 암컷은 새끼를 발아래 두고 있다.

피슈라는 동물은 용의 막내아들(아홉째 아들)이라는데, 먹기만 하고 싸지는 못한다고 한다.

왜냐면 입만 크고, 항문이 없기 때문이란다.

용의 막내아들 피슈

3. 우산 공원의 인기 스타

항문이 없어진 이유는 다음과 같다.

피슈는 용의 머리에 날개 달린 사자의 몸을 한 용맹한 전설상의 동물로서 요괴와 악마의 침입을 막고, 병과 질병이 하늘을 어지럽히는 것을 막기 위해 천상에서 순시하는 임무를 띠고 있었다.

그런 까닭에 요 녀석은 용왕과 옥황상제의 사랑을 받았는데, 주로 금은보화를 먹었으며, 전신에 옥의 기운이 강했다.

그런데 욕심이 많아 너무 많이 먹는 바람에 배탈이 자주 났고, 결국 아무데서나 설사를 해대므로 옥황상제가 화가 나서 손바닥으로 때린 곳이 엉덩이였는데, 요때 항문이 닫혀 버렸다고 한다.

이후, 금은보화를 먹기만 하고 배설하지 못하여 재물의 신이 되었다고!

그래서 재물이 한 번 들어오기만 하면 나가지 않는다는 전설상의 동물이다.

요 녀석은 처음 보는 사람을 주인으로 섬긴다고 한다.

그러니 피슈를 만나면 일단 소금물로 그 눈을 닦아주어야 할 것이다. 그러면 피슈가 처음으로 보고 주인으로 섬긴다.

중국 사람들은 요 녀석이 금, 은, 보석 냄새를 잘 맡아 땅과 바다를 종횡무진 다니면서 금, 은, 보석 등을 삼키지만 항문이 없기에 자기 주인집에 와서 다시 토해 놓는다고 생각한다.

그래서 중국인들은 이 동물을 좋아하고, 이 동물의 조각상을 작은 것은 몸에 지니고 있기도 하고, 큰 것은 집에 고이 모셔 놓기도 한다.

복권도 피슈의 형상을 그려 놓은 복권이 훨씬 많이 팔린다고 한다.

또한 이 조각상의 입 안에 손을 넣고 문지르기만 해도 재물운이 따른다고 한다.

그래서 사람들은 피슈의 입에 손을 넣고 열심히 문지른다.

이 조각상 앞, 광장에는 정성 성(誠)자가 새겨진 커다란 반석이 있고, 그 앞에는 가장 인기 있는 스타 한 분이 우산 밑에 앉아 계신다.

이곳 날씨는 갠 날이 드물고, 늘 비가 오니 비를 피하기 위해서는 우산이 필수다.

또 햇볕이 나면 머리가 얼마나 뜨겁겠는가?

일사병을 막기 위해서라도 우산을 설치한 것은 잘한 일이다.

순 임금 동생 상

순 임금의 이복동생이라는데, 이름은 상(象)이고, 장기를 처음 만든 분이라 한다.

그런데 장기는 항우와 유방이 천하 패권을 놓고 싸운 초한전 이후에 만들어진 것이니 이는 틀림없이 가이드 씨가 잘못 알고 있는 것이다.

중국의 역사책에 따르면, 순 임금의 아버지 고수(瞽瞍)는 장님인데, 순의 어머니가

3. 우산 공원의 인기 스타

죽자 새 장가를 가서 상을 낳았다.

고수는 상을 예뻐하고 순을 몇 번씩이나 죽이려 했으나, 순은 아버지인 고수에게 효성을 다해 섬겼고, 이복동생인 상에게는 자애로웠다고 한다.

고수의 사랑을 받은 상은 아주 교만 방자하고 순을 별로 좋아하지 않았다고 하는데, 그럼에도 불구하고 순은 임금이 된 후 상을 제후로 봉해 먹고 살 수 있도록 해주었다 한다.

어찌되었든 가이드에 따르면, 상은 대머리인데 매우 영리하고 필요한 물건을 잘 만들었다고 한다.

그래서 이 친구의 머리를 쓰다듬으면 영리해지고, 손을 만지면 기술이 좋아져서 재물이 들어온다고 한다.

이때 반드시 왼손으로 만져야 한다.

오른손은 더러운 것을 많이 만지니까 청결한 왼손을 사용하라는 거다.

발을 만지면 바람이 난다는 가이드의 말도 있었지만, 그것은 옛날 말이고 요즈음에는 발을 만지면 무좀이 없어진다고 믿는 사람들이 많아, 머리와 손, 발이 모두 반들반들하다.

가이드의 말에 따르면 상은 원래부터 대머리였다는데, 아마도 사람들이 많이 쓰다듬어 그런 것이 아닌가 생각되기도 한다.

요즈음 머리카락이 적은 분들에게는 대머리가 방지된다는 유언비어도 돌고 있고, 치매 예방에 좋다는 말도 있어, 이곳을 방문하는 사람들 치고 이 분의 머리에 손을 안 대 본 사람은 없기 때문이다.

어찌되었든 우산공원에서는 우산을 들고, 우산을 쓴 순 임금 이복동생을 만나 봐야 한다.

계림, 양삭, 이프 편

장개석 총통의 피난처인 동굴

아니 만나 보기만 하면 안 된다. 반드시 머리를 쓰다듬고 손과 발을 만져 보아야 한다.

돈 드는 것도 아니고, 좋다는데야…….

이 분이 앉아 있는 뒤편에는 동굴이 있는데, 유사시에 장개석 총통이 피신하는 곳이었다고 한다.

그래서 출구가 여러 개 나 있다.

굴에 들어서면 왼편으로 잉어와 두꺼비 따위가 돋을새김 되어 있고, 오른쪽으로는 감석청(憨石廳)이라는 수석을 모아 놓은 방이 따로 있다. 감

4. 신선이 삶 직한 세계

2013.1.15 화

우산공원 뒷산의 정상에도 올라가 보아야 하는데, 가이드의 재촉에 따라 우산공원을 빠져나와 찻집으로 간다.

우산공원 뒷산보다는 이곳의 차 문화를 알아야 한다는 것이 가이드의 말이긴 하지만, 그것보다는 차를 사 달라는 것이 가이드의 진심일 것이다.

중국에서는 단체관광 시 늘 찻집은 빼 놓지 않고 들르기 때문에 그러려니 한다.

그런데, 이곳에선 여러 가지 차의 종류를 가지고 우리 몸의 어디에 좋은 것인가를 설명하면서, 맛을 보여주는 데, 아주 쓴 차도 있고, 달짝지근한 차도 있고, 여하튼 쓴 맛 단 맛 다 보여준다.

결국 가이드의 진심을 충족시켜 주기 위해 지호네가 차를 몇 통 삼으로써 이곳의 차 문화에 대한 학습은 끝나고 점심을 먹을 자격이 생겼다.

차창 밖으로는 아파트들이 보이는데 1, 2층은 물론, 3, 4, 5층도 모두 철망을 쳐 놓았다.

어린 아이들이 떨어지는 것을 방지하기 위한 것이기도 하지만, 이곳에는 다람쥐 같은 도둑들이 많아 도둑을 방지하기 위한 것이기도 하다.

이곳은 장족, 와족 등 소수민족들이 많이 살고 있기 때문에 광서자치구로 지정되어 있다.

이곳 사람들은 키가 작고 몸이 날씬하다.

베트남 사람들과 비슷하다.

오토바이도 많고, 쌀국수도 많이 먹는다는 점 역시 베트남과 비슷하다.

이강의 산수

호텔의 식당에서 쓰는 그릇도 이가 나간 그릇이 많다.

가이드는 한사코 이가 나간 그릇에 재물이 들어온다고 주장하면서 이가 나간 그릇을 주더라도 기분 나빠 하지 말라고 당부한다.

실제로 이곳에서는 생활은 넉넉하지 않아 그릇 없는 집도 많이 있다 한다.

길거리에 미분(米粉)이라는 간판이 눈에 많이 뜨인다.

쌀국수 집의 간판들이다.

이들은 아침도 밖에서 해결한다. 집에서 먹는 경우가 거의 없다.

그러니 집에 그릇이 없는 것도 그렇게 큰 문제는 되지 않을 것이다.

1,000원이면 한 끼 식사를 잘 할 수 있는 돈이라 한다.

우리가 들어간 중국집에선 음식들이 그런 대로 괜찮았다.

4. 신선이 삶 직한 세계

우리에게 쓴맛, 단맛을 다 보여준 가이드가 53도짜리 삼화주(三花酒)를 서비스한다.

삼화주란 계수나무 꽃을 가지고 만든 술이다.

계수나무 꽃은 세 종류가 있는데, 금색의 금계, 은색의 은계, 노란색의 당계가 그것이다.

이들 세 종류의 꽃들을 넣고 만든 술이 삼화주라는 데, 가이드 말로는 가짜가 많다고 한다.

삼화주를 곁들이니 점심은 더욱 맛있다.

아침을 거의 굶은 상태이니 점심이 달 수 밖에 없으려니와 삼화주까지 곁들이니 금상첨화 아니겠는가!

계림은 계수나무가 많아서 계림이라 이름 지은 것이다.

이강의 산수

이강의 산수

길가에 계수나무가 많다.

계수나무는 커지면 가지가 반원형으로 퍼지면서 저절로 둥글게 된다.

점심으로 배를 채운 다음 우리는 관암으로 간다.

관암-양재 이강(漓江) 유람이 오후에 할 일이다.

가는 길가의 풍경은 계수나무가 눈에 들어오지 않는다. 저 멀리 산봉우리들이 너무나 아름답기 때문이다.

아직 이강 유람도 안 했는데, 벌써부터 신선이 된 기분이다.

다만 날이 흐려 뿌옇게 보이는 것이 흠이라면 흠이겠다.

관암에서 배를 타고 양재까지 1시간 동안 가면서 주변의 경치를 감상한다.

텔레비전에서만 보던 경치가 그대로 재현된다.

4. 신선이 삶 직한 세계

해변에는 봉미죽(鳳尾竹)이 펼쳐져 있다.

봉미죽이란 대나무를 모아 심었기 때문에 그 대나무들이 자라나면서 옆으로 퍼지는 것이 봉황의 꼬리 같다 하여 붙여진 이름이다.

봉미죽 너머로 산들은 겹겹이 놓여 있다.

흐린 날씨가 안타깝다.

좀 더 맑은 가운데, 안개나 구름이 피어올라야 제 맛일 텐데, 그저 뿌옇고 간간히 비만 뿌리고 있으니…….

첩첩이 드러나는 산봉우리들 사이로 강이 흐르니 선경이 따로 없다.

미국의 브라이스 캐년이 동화의 나라이고, 터키 괴뢰메가 신비한 요술의 세상이라면, 계림의 산수풍경은 신선이 삶 직한 세계이다.

저 너머 산봉우리들 뒤에는 무엇이 있을까?

이강의 산수

마치 양파의 껍질처럼 산봉우리를 넘고 넘으면 역시 또 새로운 산봉우리들이 나타날 것이다.

그렇지만 저 너머에는 밝은 별 아래서 신선들이 장기를 두고 있을 것만 같다.

4. 신선이 삶 직한 세계

5. 굴속 유람

2013.1.15 화

이강 유역의 산들은 석회암으로 된 카르스트 지형이다.

석회암이 물에 녹으면서 돌순, 돌기둥, 돌고드름 등이 형성되어 있는 많은 동굴들이 있다.

관암에도 각양각색의 돌고드름과 돌순, 돌기둥이 있는 관암동굴이 있다.

동굴이 있는 산의 모양이 임금님 관을 닮았다고 관암(冠岩)이다.

계림에서 약 10km 떨어진 아름다운 굴이다. 총 길이는 12km라는데, 이강에 근접한 3km만 개발되어 있다고 한다.

관음동굴

굴속에는 이강의 물이 흐른다.

굴속으로 들어가 걸으면서 구경을 한다.

15분쯤 걸으니 13층 높이의 엘리베이터가 나온다.

엘리베이터를 타고 들어올 수도 있다.

또 다른 출입구인 셈이다.

굴속에는 다양한 형태의 돌고드름과 돌순과 돌기둥이 지금도 자라고 있다. 목탁을 두드리는 부처님 모습, 십자가 앞에서 기도하는 예수님 모습, 두꺼비, 곰, 독수리, 커튼 등등 기이한 형태의 돌들이 있고, 이들을 총천연색 조명이 받쳐 주고 있다.

결국은 사람들이 돌 모양을 보고 지어 붙인 것이지만 여하튼 구경할

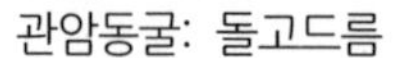
관암동굴: 돌고드름

관암동굴: 엘리베이터

5. 굴속 유람

만하다.

조금 더 가니 꼬마 열차를 타는 곳이 나온다.

꼬마 열차가 돌고드름 사이를 누비면서 덜컹거리며 달리다가 머문 곳은 동굴 속 선착장이다.

이번에는 배를 타고 구경한다.

배는 사람이 노를 저어 가는 보트였다.

깜깜한 동굴 속을 지나 희미한 빛이 들어오는 암벽을 거쳐 선착장에 다다랐다.

내려서 돌계단을 오르니 광장이 나타난다.

2인승 전동차를 타는 곳이다. 모노레일 위를 달려 밖으로 나오니 다시 산수풍경이 펼쳐진다.

관광객을 끌어 모으기 위한 것이라 해도, 다양한 볼거리와 꼬마 열차, 배, 모노레일 등 지루하지 않게 여러 개의 교통수단을 마련해 놓은 점은 본받을 만한 일이다.

6. 돈은 요상한 물건이다.

2013.1.15 화

동굴 밖으로 나와 버스를 타려고 하는데 홍시를 판다. 한 봉에 2천 원이라더니 나중에는 두 봉지에 2천 원이라 한다.

나는 홍시를 원래 좋아한다.

2천 원을 주고 샀다.

나중에 먹어보니 우리나라 홍시처럼 달고 맛있지가 않다.

다시 계림으로 돌아간다.

돌아가는 도중의 차창 밖 경치 역시 흐리긴 하지만 신선의 세계를 보는 듯하다.

가는 도중에 가이드는 일인당 팁 50달러와 관광 옵션으로 산수간 쇼 35달러, 야인곡 25달러, 양강사호 40달러, 그리고 장예모 감독의 인상유삼저 대신에 뗏목 유람 20달러, 합계 170달러가 든다고 한다.

인상유삼저 쇼는 날씨가 추운데다가 음력설이 가까워져 당분간 안 한다고 한다.

이 이외에도 발 마사지가 20달러라는데, 팁은 별도란다.

그렇지만 1시간 반짜리 전신마사지를 하면 팁 포함 35달러라면서 이는 따로 가시는 분에게만 걷겠다 한다.

일행들은 “옵션은 옵션일 뿐인데, 다 할 필요가 있는가?”라면서 불평을 하기 시작한다.

가이드는 “여러분들이 낸 돈은 서울에 있는 여행사에서 가지고 가고, 이곳에서 하는 행사 비용은 전부 가이드 책임이라며, 옵션 관광이 빠지면 자기가 다 물어내야 해유."라며 사뭇 슬픈 표정이다.

장인 장모 모시고, 아들 데리고 온 부부가 "산수간 쇼를 빼면 135달러이지만, 가이드 처지도 있으니 여기에 팁을 15불 얹어 주면 어떻겠느냐"고 이야기한다.

사람마다 생각이 다르니 단체관광 비자 때문에 대장 노릇을 하던 내가 중재 역할을 하는 수밖에 없다.

다른 부부들과 의견 조율 결과, "산수간 쇼를 빼고 팁을 일인당 5불씩 더 얹어서 140불씩 주자."는 데 동의를 받아내고는 가이드에게 이야기하니 선선히 그러자고 한다.

버스에서 가이드는 "여러분들이 산수간 쇼를 빼자고 하니 그것을 빼면 일인당 135달러입니다."라면서 돈을 걷는다.

그런데 일인당 140달러 주기로 한 약속은 헌신짝처럼 팽개쳐 버리고 각각 135달러씩 계산하는 게 아닌가?

150달러 주자고 큰소리치던 사람조차도 정확하게 일인당 135달러씩 계산하여 돈을 세어 준다.

가이드 입장에서는 135달러를 내놓으라 하지 어떻게 140달러를 내놓으라 할 수 있겠는가?

알아서 5달러씩 더 보태주어야 하는데 전혀 그러지 않는다.

그렇다고 내가 "140달러씩 주기로 안 했는가?"라고 큰소리칠 수도 없다.

드디어 내 차례가 왔다.

나는 집사람과 함께 280달러를 준다.

마암 부부 역시 280달러를 준다.

가이드가 우리 부부와 마암 부부에게 10달러씩을 내밀며 괜찮다며 사양하는 것을 억지로 쥐어 준다.

그러니 우리 일행 중 140달러씩 계산하여 준 사람은 우리 부부와 마암 부부밖에 없는 것이다.

왠지 기분이 씁쓸하다.

5달러씩 가이드에게 더 주어서 기분 나쁜 게 아니라, 약속을 해 놓고 지키지 않은 사람들 때문에 느끼는 씁쓸함이다.

중간에서 140달러로 합의를 했던 사람들이 135달러만 주니 우리 부부와 마암 부부만 이상한 사람이 되어 버린 듯하다.

천산

이상하게 대장이 되어 가지고 이상한 짓거리만 한 이상한 사람이 되어 버린 것 아닌가?

본디 사람들 마음이 이러한 것을!

처음에는 옵션 하나를 빼면서 팁으로 일인당 15달러를 주자고 큰소리치던 사람조차도 막상

6. 돈은 요상한 물건이다.

돈을 꺼내 드니 일인당 5달러가 아까워 안 주는 것을 보면, 역시 돈은 요상한 물건임에 틀림없다.

다시 계림으로 돌아와 천산공원(穿山公園)으로 간다.

천산공원은 말 그대로 산에 구멍이 난 공원이다.

구멍이 난 이유는, 전설에 따르면, 복파장군 마원이 쏜 화살이 천산을 통과하여 천산에 구멍이 뚫렸다고 한다.

여하튼 중국 사람들 허풍은 알아줄 만하다.

천산공원의 맞은편, 그러니까 이강의 지류인 소동강 건너편에는 높이 194m의 탑산(塔山)이 있다.

산꼭대기에 탑이 있기에 탑산이다.

탑산의 탑은 8각 7층으로 된 벽돌탑[塼塔 전탑]으로서 높이는 13.3m이고 이름은 수불탑(壽佛塔)이다.

천산공원으로 들어서니 이강을 건너는 아치형 다리 너머로 탑산이 보인다.

다리에서 본 탑산의 모습은 한 폭의 그림이다.

다리를 건너면 음식점들이고 그 앞을 지나 탑산 쪽으로 가면서 강 건너를 보면 산 중턱에 커다란 구멍이 뚫린 것이 보인다.

이것이 천산인 것이다.

약 100만 년 전에는 천산과 탑산이 붙어 있었는데, 지각변동으로 지금처럼 분리되었다 한다.

날은 어두워지고 어느 덧 상가의 등불이 들어온다.

주렁주렁 매단 등불은 언제 보아도 아름답다.

중국에서 여행하며 늘 아름답다고 느끼는 것 가운데 하나가 등불이다.

탑산

궁전 등 기와집은 그 규모만 컸지, 그 아름다움은 우리나라의 기와집만 못하지만, 주렁주렁 달아 놓은 등불 하나만큼은 알아줄 만하다.

옛날부터 조명시설 하나만은 잘 발달시킨 셈이다.

중국 여행에서 보는 온갖 쇼들이 보여주는 조명 예술이나, 많은 동굴 속의 조명이나, 저녁때 비추는 휘황찬란한 건물의 조명 따위는 이러한 전통을 계승한 것 아닌가 생각한다.

천산공원에서 나와 저녁을 먹으러 간다.

천산공원에서 조금 걸으면 저녁 먹는 곳이 나온다.

돼지고기 삼겹살과 쇠고기가 안주로 나온다.

역시 먹는 것은 좋다.

6. 돈은 요상한 물건이다.

7. 음식을 맛없게 만드는 특이한 재주

2013.1.16 수

역시 아침 식사는 별로이다.

중국 음식은 기름기가 많아 늘 느글느글하고 한두 번 만 먹으면 그 다음부터는 먹을 수가 없다. 호텔뿐만 아니라 중국 음식점에서 주는 음식들도 심지어는 채소까지도 기름을 들이부은 채로 준다.

같은 재료를 가지고 왜 이리 맛없게 만드는지?

아마도 중국 사람들은 음식을 맛없게 만드는 특이한 재주가 있는 성싶다.

그리고 또 그렇게 맛없는 것을 매일 먹는 중국 사람들이 참 대단한 사람들이라는 생각이 든다.

여하튼 하루 종일 노동(?)을 해야 하니 안 먹을 수는 없고, 억지로 배를 채운다.

아침 식사 후 복파산(伏波山)으로 간다.

복파산은 강가에 우뚝 솟은 봉우리이다.

복파산은 후한 때의 복파장군 마원의 묘가 있어서 생긴 이름이라 한다.

들어가는 입구에는 마원의 말 탄 동상이 세워져 있다.

안으로 들어서니 커다란 나무가 우리를 맞이한다.

나무 가지 가지에 등을 주렁주렁 달고서. 그 앞에는 복을 준다는 커다란 주전자가 놓여 있고 그 가운데로 길이 나 있다.

그 주전자를 통과하면 재물이 들어온다나!

중국 사람들은 참 재물을 좋아한다.

복파산 밑에 있는 환주동(還珠洞)이라는 굴 입구에는 생황을 닮은 와족의 전통악기가 놓여 있고, 한쪽 편으로 공옥종정(公玉鐘亭)이라는 종각 속에 대철종(大鐵鐘)이라는 쇠종이 들어 있다.

복파산을 오르면 중간에는 계수정(癸水亭)이라는 정자가 있고, 그 너머로 독수봉(獨秀峯)이 보인다.

계단을 오르다 보면 나이든 사람들은 여기에서 반드시 쉬어가야 한다.

얼마 높지는 않으나 정상에 이르면 계림 시내가 다 보인다.

동서남북 계림 시내를 조망하는데, 신기하게 솟은 봉우리들 사이로 집들이 들어차 있다.

옛날에는 저 집들이 없었을 것이다.

밑으로는 이강이 흐르고 조그만 배가 몇 척 떠 있다. 가마우지도 보이고,

생황을 닮은 와족의 전통 악기

7. 음식을 맛없게 만드는 특이한 재주

복파산 환주동 시검석

사진으로 남기고 싶어 찍기는 찍었으되 날씨가 흐린 탓에 육안으로 보는 감흥은 아니 난다.

다시 산을 내려와 환주동으로 들어간다.

동굴을 가로질러 나가니 바로 코앞이 이강이다.

환주동 앞은 이강의 물이 닿아 있다.

파도가 엎드린다 하여 이곳을 복파암(伏波岩)이라 부른다.

복파암에는 커다란 돌고드름이 밑 부분에 딱 붙지 않고 매달려 있는데, 전설에 따르면 복파장군 마원이 검으로 자른 자리라 한다.

그래서 그 이름이 시검석(試劍石)이다.

8. 첩채산에서 본 계림 시내

2013.1.16 수

복파산에서 나와 이제는 그 옆의 첩채산(疊彩山)으로 간다.

첩채산이란 바위들이 비단을 층층이 쌓아 놓은 것 같아 첩채산이라 한다는데, 글쎄, 비단을 층층이 쌓아 놓은 듯한 바위는 별로 보지 못했다.

첩채산으로 들어서면 '계림산수 갑천하(桂林山水 甲天下)'라는 글이 새겨진 돌을 배경으로 연못과 누각이 있다.

기념품 파는 곳을 지나면 오른쪽으로 오르는 길과 왼쪽으로 오르는 길이 있다.

오른쪽 길이 산 정상인 명월봉으로 오르는 길이다.

첩채산에서 본 계림 시내

첩채산에서 본 계림 시내

산 정상으로 가는 길의 오른쪽에는 백조원(百鳥園)이라는 새 공원이 있다.

공원 들어가기 전 좌우 조롱 속에는 여러 종류의 새들이 갇혀 있다.

공원 안에 들어서면 하늘에 그물을 쳐놓은 커다란 망 속에서 공작들과 새들이 살고 있다.

이놈들은 사람들이 모이를 주어서 그러는지 사람들을 무서워하는 것이 아니라 슬금슬금 다가온다.

별로 크게 볼 것은 없다.

다시 나와 산에 오른다.

산으로 오르는 길은 연인들이 오르던 길이라 하여 왼쪽 편에 1900년대부터 2000년대에 이르기까지의 연인들의 풍속도를 그림으로 그려 놓기

첩채산 선학동

도 하고, 손문과 송미령의 사진을 세워 놓기도 하고, 외국 유명 인사들의 부부 사진을 담은 게시판을 설명과 함께 보여주기도 한다.

첩채산에 오르는 길은 그리 높지는 않으나 계단으로 되어 있다.

가이드 말로는 첩채산에 오르면 130까지 장수할 수 있다 한다.

오르다 보면 옆으로 개울이 흐르는데, 돌로 된 개구리인가 뭔가가 뿜어내는 물에 손을 씻으면 재수가 좋다 하여 모두 손을 씻는다.

계단을 올라 드디어 정상이다.

아까보다는 날씨가 조금 개여 계림 시내가 비교적 잘 보인다.

내려오면서 선학동에 들어선다.

굴 밖으로 보이는 경치는 또 다른 그림이다.

이 선학동도 마원장군이 쏜 화살이 만든 구멍이란다.

8. 첩채산에서 본 계림 시내

이제 점심을 먹으러 간다. 역시 중국 음식이다.

같이 움직이는 일행들이 고추장과 김을 내어 놓는다.

미처 이런 것들을 준비하지 못한 우리들은 그저 감사하게 먹을 따름이다.

이다음부터 중국에 오려면 기본 음식은 잘 준비해야겠다.

9. 계림산수 갑천하

2013.1.16 수

점심을 먹은 후 우리가 간 곳은 세외도원(世外桃園)이다.

세외도원은 말 그대로 세상 밖의 유토피아(복숭아밭)라는 뜻인데 광서 자치구(广西自治區) 계림시 양삭(阳朔)에 있다.

버스를 타고 가다가 커다란 건물 앞에 선다.

표를 끊고 들어가 보니 원주민들이 악기를 연주한다.

밖으로는 호수인지 강인지 물이 있고, 배들이 한 곳에 수십 척 모여 있고, 물 저쪽으로는 지붕을 인 다리와 기와집들이 있고, 강 너머로 산봉우리들이 아름답게 펼쳐져 있다.

세외도원

세외도원

세외도원

세외도원

계림 시내의 봉우리들도 아름답고, 이강 유람에서 보는 강가의 산봉우리들도 아름답지만, 여기 세외도원의 풍경에 견줄 수 없다.

지금까지 본 어느 경치보다 훌륭하다.

배를 타고 강을 따라 올라간다.

오른쪽 집에서는 소수민족의 사람들이 나와 나팔을 불고 춤을 추고 그런다.

그런데, 일행 중 누군가가 “참으로 성의가 없군.” 그런다. 자세히 보니 춤추고 노래하는 것이 정말로 성의가 없다.

세외도원

9. 계림산수 갑천하

배가 채 지나가기도 전에 춤을 추는 둥 마는 둥 얼른 들어가 버린다.

춤을 추는 사람도 노래 부르는 사람도 흥이 나야 보는 사람도 흥이 나는 법인데, 저리도 성의가 없으니…….

공산주의 사회이기 때문이리라.

가이드 말로는 이들이 잘 하던 못하던, 성의를 보이든 말든 월급은 나오니 그렇다고 한다.

한참을 구경하면서 가는데 앞에 조그마한 동굴이 나온다.

동굴을 지나니 물 너머로 붉은 복숭아꽃이 보인다.

이곳이 도연명이 도화원기(桃花源記)에서 말하는 무릉도원인 모양이다.

가이드 말로는 꽃만 피지 복숭아는 열리지 않는다 한다.

"지금이 겨울인데 꽃이 피는가?"라고 묻자, 이 꽃들은 사시사철 핀다

무릉도원 가는 길

무릉도원의 복숭아꽃

세외도원: 원주민들의 춤

9. 계림산수 갑천하

고 대답한다.

중국은 짝퉁으로 유명한 나라이니, 혹시 저 꽃들도 관광객들을 위해 만들어 놓은 조화 아닌가 싶기도 하다.

어찌되었든 이곳이 무릉도원이다.

조금 더 나아가니 양 옆 물가에는 나무로 만든 까만 장승같은 것들이 세워져 있다.

그리고 띠로 지붕을 엮은 원주민들의 집이 있고, 그 속에 있던 사람들은 우리 배가 보이자 춤을 추기 시작한다.

역시 성의 없는 춤이다.

아치형의 다리를 지나, 계속 나아가며 유람을 즐긴다.

날씨는 흐려 산봉우리들이 흐릿하게 보이는 것이 오히려 우리의 상상력을 자극한다.

신선들이 사는 세계라는데 그 누구

세외도원

도 이의를 달지 못하리라.

그렇지만 신선들이 살듯 한 이곳에는 성의 없이 춤추는 소수민족들이 저들의 고달픈 생을 이어가고 있을 뿐이다.

그러다 보니 유람선은 어느덧 다시 원위치하고 있다.

배에서 내려 집으로 들어서니 물레질을 하는 노파와 천을 짜는 할아버지가 있다.

집 밖 처마 밑에는 옥수수들이 주렁주렁 매달려 있다.

몇 군데 집들을 지나니 소머리를 장식한 장승들이 서 있다. 이곳에선 물소를 키워 농사를 짓기 때문에 물소를 토템으로 삼는 소수민족이 세운 것이다.

그리고는 지붕을 인 다리를 건너는데, 뒤를 돌아보면 안 된다고 가이

세외도원: 옥수수

9. 계림산수 갑천하

세외도원으로 가는 다리

드가 말했지만, 우리는 그런 미신은 안 믿는다.

좋은 사진을 찍기 위해서는 돌아서야 하기 때문이다.

사진은 아무 데나 대고 막 눌러도 그림이 나온다.

집과 산과 물이 어울리는 것이……. 그만치 아름다운 곳이다.

계림의 산수가 천하의 으뜸이라는 뜻의 "계림산수 갑천하(桂林山水 甲天下)"라는 말이 나온 곳이 바로 이곳 양삭이라는 말이 헛된 것이 아니다.

10. 뗏목 유람

2013.1.16 수

세외도원을 뒤로 하고 다시 버스는 달린다.

뗏목을 타고 유람을 해야 한단다.

뗏목 유람이라는데, 정작 도착해보니 뗏목처럼 엮은 나무에 휘장이 처진 의자가 있고, 발동기를 단 개량 뗏목(?)이다.

전혀 뗏목처럼 느껴지지 않는다. 그냥 턱이 낮은 배이다.

노를 젓는 것도 아니고 발동기를 점화시키자 자동으로 나아가는 배일 뿐이다.

허긴 요즈음, 무슨 뗏목에 노를 저어 가겠는가?

뱃사공의 수고로움을 덜어 주는 것은 좋으나 그만큼 흥취는 없다.

양삭의 뗏목

양삭의 뗏목 유람

무엇인가가 좋아지면, 그 뒤에는 늘 희생되는 것이 있는 법이다.

어찌되었건 계림보다 더 아름다운 곳, 양삭의 뗏목은 강을 거슬러 올라간다.

좌우의 경치는 말이 필요 없다.

흐린 것이 안타까울 뿐. 흐린 만큼 상상력이 그 공백을 메워주니 날씨를 탓할 일은 아닌 것이다.

강 너머로 3~4층짜리 빌라들이 빼곡하다.

그 너머로는 산들이 흐릿하게 보이고, 오른쪽으로는 높은 봉우리들이 물가에서 솟아 있다.

한 10분쯤 달렸을까,

길쭉한 배 끝에 가마우지 한 마리가 앉아 있고, 서서 긴 장대로 노를 젓는 할아버지가 보인다.

가마우지

아마도 저녁 찬거리를 구하러 나선 것인지, 오늘 일거리를 찾아 나선 것인지는 모르겠으나, 그 모습이 강변과 어울려 그림과 같다.

가마우지는 오리처럼 생겼지만, 부엉이 눈에 독수리 입을 가진 모습이라는데, 그 말을 들으니 그런가 싶기도 하다.

한 마리 값이 물소 한 마리 값과 맞먹는다니 귀하신 몸이 틀림없다.

강을 연결하는 다리 밑을 지나 조금 더 나아가니 이번에는 물속에서 마치 물에 빠진 것처럼 푸드득대는 가마우지 한 마리와 역시 기다란 쪽배에 무심히 앉아 있는 가마우지 네 마리도 보인다.

저 배의 임자는 가마우지가 다섯 마리이니 대단한 부자임에 틀림없을 것이다.

뒤의 산들이 잘 보이는 곳에서 사공은 우리에게 뱃머리에 앉으라 한다.

10. 뗏목 유람

그리고는 사진을 찍어 준다.

한 시간 정도 신선처럼 강물에서 노닐다 뗏목에서 내려온다.

내려오며 사공에게 1달러를 건넨다.

호텔로 돌아가기 전 서가재래시장이라는 시장을 방문한다.

무슨 옵션이 있는 것은 아니고, 서쪽 거리에 있는 재래시장이라는데, 재래시장이라기보다는 서구화된 잡동사니 시장이라는 말이 맞는 거 같다.

온갖 옷이며 가방이며 진열되어 있지만, 손님이 관심을 보이면 그 안으로 데리고 들어가 짝퉁을 보여준다.

온갖 짝퉁 세상이다.

11. 동굴 속에 풍어라는 고기가 많다고?

2013.1.17 목

아침에 일어나 아침을 먹는다.

머문 호텔은 신세기 호텔(NEW CENTURY HOTEL)인데, 아침 식사 만큼은 계림의 윤동주점보다 훨씬 낫다.

뷔페식 아침을 먹은 후 사진기를 들고 밖으로 나온다.

호텔 앞의 과일가게를 둘러보고 주변을 돌면서 사진을 찍는다.

어느 쪽에도 솟은 봉우리들이 멋있어 보인다.

9시 반 버스는 출발하여 십리화랑(十里画廊)과 월량산(月亮山)이라는 산을 지나 풍어암이라는 동굴로 간다.

십리화랑이란 풍어암 가는 길의 좌우 경치를 일컫는 말이다. 십리에 걸쳐 석회암 산들이 좌우에 펼쳐지는데, 마치 그림을 걸어 놓은 것 같다고 붙여진 이름이다.

월량산은 역시 구멍 난 산인데, 버스가 지나가면서 볼 때 앞산에 가려 마치 달이 떠 있는 모습을 연출한다고 붙여 놓은 이름이다.

초승달처럼도 보이고 반달처럼도 보인다.

풍어암 가는 길

세외도원

십리화랑이나 월량산이나 차창관광이라서 단체여행객에게는 그냥 지나가는 그림일 뿐이다.

차창 밖 풍경은 볼 만하기는 하였으되 사진기에 제대로 담지는 못하였다.

날씨도 흐린데다가, 달리는 버스의 속도감에 버스 유리창의 얼룩 등이 그것들을 제대로 담아내지 않기 때문이다.

사진기에 나타난 영상은 흐리고 볼품없지만 머릿속에 그려진 풍경은 아름답다 신기하다고 느낀다.

그러고 보니 사람이 보는 것은 있는 그대로가 아니라 머릿속의 상상을 통해 보는 것이리라.

1시간가량 달려가 선 곳은 이프[荔浦 여포]라는 곳의 풍어암(豊魚岩) 동굴 앞이다.

풍어암 동굴은 그래서 이프 동굴이라고도 한다.

사람들은 풍어암이란 이름이 동굴 속 지하 암반천에 풍어가 많이 서식하고 있어서 붙여진 이름이라고 한다.

그러나 풍어라는 고기 종자가 따로 있는 것이 아니고, 풍어란 말 자체가 많은 고기라는 뜻이니 물고기가 많다는 뜻일 것이다.

옛날 앞을 못 보는 장님 어부 한 사람이 그물로 고기를 잡으며 살았는데, 어느 날 시원한 바람이 불어오는 바위 앞에 내린 그물에 많은 고기들이 잡혀 풍어암이라 불렀다는데, 그 바위 앞에서 이 동굴이 발견되어 풍어암 동굴이라는 이름이 붙여진 것이라는 전설이 훨씬 더 설득력이 있다.

풍어암은 동양에서 제일 큰 동굴이라 한다. 길이가 7.1km인데, 약 2km는 걸어서 구경하고 나머지는 배를 타고 구경한다.

동굴 입구로 들어서니 또 계단이다.

계속 계단을 오르락내리락하는데 이미 신물이 난 지경이라, 저절로 '아이구' 소리가 나온다.

가이드가 돌기둥과 돌탑, 돌고드름을 설명하지만 그게 그거다.

손오공이 쓰던 여의주가 여기에 있고, 보탑(寶塔)의 천국이니 하는 돌탑들도 있고, 무협지에 나오는 듯한 정해신침(定海神針)이라 이름 붙여진 가느다란 돌기둥 등이 있지만 결국 이름 붙이기 나름 아닌가!

그렇지만 그럼에도 불구하고 이 동굴의 크기는 위압적이다.

어제 본 관음동굴과 비슷하려니 했는데, 그 규모가 엄청 크다.

컴컴해서 잘 느끼지는 못하지만, 동굴 속 중앙광장의 넓이가 25,000㎡로 논으로 따지면 약 사십 마지기 가까운 면적이라고 하니 정말 엄청난

풍어암 주변의 산들

크기 아닌가! 가히 아시아 제일의 동굴이라 할 만하다.

이와 같이 규모가 큰 동굴은 미국 텍사스에 있는 내쳐럴 캐번(natural cavern) 이후 처음이다.

중국의 동굴 관광에서는 꼭 배를 타야 하는 모양이다.

어제 관음동굴에서도 배를 타더니 여기에서도 배를 탄다.

반갑다. 그래도 배를 타고 가만히 앉아서 구경하는 것이 걷는 것보다 훨씬 낫기 때문이다.

어둠을 헤치며 배가 나아가는데 물속에 고기가 정말로 많이 있나 두 눈을 부라리며 두리번거렸더니, 뒤에 앉은 가이드가 밝은 곳에는 고기가 안 나타난다고 한다.

대신에 조금 가다 보니 왼쪽으로 조그맣기는 하지만 폭포가 나타난다.

다시 되돌아와 또 계단을 오른다.

계단을 오르고 또 오르면 다리가 조금 아플지언정 못 오를 리 없건마는 입에선 불평이 나온다.

그런데도 다행인 것이 불평이 나올 듯할 때쯤 빛이 비친다. 반가운 빛이!

풍어암 가까운 곳 식당에서 점심을 먹고 개울가로 가보니 덩치가 거위만한 오리들 수십 마리가 개울에서 놀고 있다.

저놈들이 신선인가 싶다.

중국에서는 간체자(简体字)라는 약자로 된 한자를 쓰는 까닭에 알아보지 못하는 글자들이 꽤 있다.

1960년대 중국 공산당이 만든 간략한 한자가 간체자이다.

우리가 배운 한자는 정체자(正體字) 또는 번체자(繁體字)라 하는데, 요즈음 중국의 젊은이들은 잘 모른다.

풍어암 동굴: 정해신침? 여의봉?

11. 동굴 속에 풍어라는 고기가 많다고?

우리는 반대로 간체자를 잘 모르고!

양삭의 볕 '양'자도 본 글자인 번체자로는 陽인데, 간체자로는 오른쪽 밑 부분을 없애 버리고 阳으로 사용한다. 넉넉할 풍(豐)자도 많은 것을 생략한 채 윗부분의 丰만 쓴다.

그러니 이런 글자를 알려면 다시 배워야 한다.

시내에서도 간혹 이 글자 丰자를 보았데 무슨 자인지 모르다가, 풍어암 앞에 새겨진 비석을 보고서야 비로소 풍자인 것을 알았다.

참고로 중국인들이 좋아하여 여기저기 지명이든 상호든 가져다 붙이는 용 용(龍)자는 간체자로 龙이라 쓰고, 말 마(馬)자는 马로 쓴다.

용(龙)자 비슷한 것으로는 발(发)자가 있다. 정체자로는 발(發)이다.

글 서(书〈書), 며느리 부(妇〈婦), 고울 려(丽〈麗), 익힐 습(习〈習), 나타날 현(显〈顯), 약 약(药〈藥), 즐거울 락(乐〈樂), 따를 종(从〈從), 곳 처(处) 외에도 많이 눈에 뜨이는 것들로서 눈물 루(泪〈淚), 그물 망(网〈網) 따위가 있다.

12. 사람의 머리로 제사를 지내는 풍습이 있다?

2013.1.17 목

다시 버스는 달린다.

소수민족인 와족이 살고 있는 야인곡엘 간다고 한다.

하나투어에서 준 프로그램에는 중국 전통 민족인 와족들의 생활 모습을 볼 수 있는 곳이라 하여 기대를 많이 하였다.

야인곡 입구에는 증피암고인류유지(甑皮岩古人類遺址)라 쓰여 있다. 물론 간체자로.

증피암이 왜 증피암인지는 모르겠으나, 혹 증피암의 시루 증(甑)자를 와자로 잘못 읽어 와족이라고 한 것 아닌가 하는 생각이 든다.

와족(佤族)은 바족(Va族)이라고도 부르는데, 중국 남부와 베트남, 미얀

와족의 두상: 상투가보인다.

야인곡 가는 길

마 등 동남아시아 북부 산간에 살고 있는 소수민족이다.

피부가 검고, 남녀 할 것 없이 머리를 기르며, 북소리에 맞추어 긴 머리를 흔들며 전통춤을 춘다고 한다.

전시관에 들어서니 와족 관련 물건들이 전시되어 있다.

특이한 것은 와족의 두상이다.

우리 민족처럼 머리에 상투를 틀고 있다.

왜 이들은 상투를 틀고 있을까?

어쩌면 먼 옛날 동이족의 한 갈래일 가능성도 있고, 동이족을 흉내 내어 생긴 풍습일 수도 있을 것이다.

잠깐 생각해볼 때, 와(佤)의 발음이 바(Va)에 가까운 걸 보면, 아마도 동이족의 한 갈래일 가능성이 높다는 생각이 든다.

야인곡 주변 봉우리

또한 와족이 차를 처음 심었다는 복족(바족)의 후손이라는 말도 있다는데, '복'이나 '바'는 동이족이 숭상하는 '밝음'을 나타내는 말 '붉'에서 변화된 말인 듯해서다.

와족은 스스로는 '아와'라고 하며, 반갑다는 인사로 입에 손을 대고 '와바바바'라고 외친다.

이들에게는 60여년만 해도 인두제(人頭祭)라는 풍습이 있었다 한다.

볍씨를 뿌리기 전에 사람 사냥을 하여 사람의 목을 벤 후, 사람 머리와 그릇에 담긴 쌀과 달걀 하나를 하늘에 제사를 지내는 풍습이 낸다고 한다.

그 다음 소를 잡아 제물로 바치고 소머리와 사람 머리를 긴 장대 위의 대나무 바구니에 넣어 걸어 두면 제사가 끝난다고 한다.

제사가 끝난 후에야 파종을 한다.

이러한 인두제 풍습은 1958년 인민해방군에 의해 비로소 사라졌다 한다.

이런 풍습이 있는 줄 모르고 와족 마을에 들어갔던 인민해방군의 머리도 몇 개인가 대나무 바구니에 걸려 있었다 한다.

전시관을 지나 야인곡으로 들어가니 우선 눈에 띄는 것이 소머리이다.

인두제에서 마지막으로 소를 잡아 제사를 지내니 소머리가 많은 것이 이상할 것은 없다.

그렇다면 저 많은 소머리만큼 사람 머리도 어디엔가 있는 것은 아닐까?

인두제 풍습이 사라진 이후 지금은 소머리로만 제사를 지낸다니 딱 그만큼은 아니겠으나, 어딘가에?

야인곡의 소머리

왼쪽으로는 낡아빠진 초가지붕을 한 초막 속에 세 여자가 호랑이 무늬의 싸구려 옷을 입고 관광객들을 내려 보고 서 있다.

가는 길에는 계속 소머리가 보인다.

그리고 간간히 초막집도 보이고, 그 속에는 영락없이 호피를 두른 와족이 있다.

장승? 제웅?

넓은 터에 이르니 와족들이 관광객들과 한께 궁둥이를 흔들며 춤을 춘다.

그러다가 궁둥이를 맞대고 흔든다. 궁둥이를 맞대는 것은 좋다는 뜻이라 한다.

숲 사이로 난 길옆으로 들어서니 장승 비슷한 것들이 서 있다.

아니 장승이라기보다는 무슨 저주를 담은 제웅 같기도 하다.

볏짚으로 만든 것이 아니니 제웅도 아닌 것 같고, 어찌되었든 저주를 위해 만들어 놓은 것으로 보인다.

매우 섬찟하다.

그곳을 지나니 와족들의 공연 무대가 설치되어 있는데 한창 공연이 진행 중이다.

공연은 춤, 맨발로 유리 밟기, 불 쇼 등이었다.

팔을 흔들며 긴 머리카락을 앞뒤로 흔드는 춤, 벨리댄스처럼 풀잎으로 엮은 풀잎치마를 입고 배를 흔드는 춤을 보여준다.

12. 사람의 머리로 제사를 지내는 풍습이 있다?

그러다가 관중석에서 관광객 몇 사람을 불러내어 풀잎치마를 입혀 춤을 추게 한다.

그리고는 그 가운데 제일 잘 춘 사람에게 상품을 전달한다.

상품은 야자껍질을 반으로 잘라 만든 브라자인데, 상탄 사람에게 브라자를 억지로 채워 주니 관중은 웃는다.

머리카락을 앞뒤로 흔드는 춤은 아마도 이들의 전통춤인 듯하나, 벨리댄스는 완전히 하와이에서 베껴 온 듯하다.

그 다음 횃불을 들고 나와 불을 입으로 먹고, 후욱~ 불고, 팔을 지지는 불 쇼가 이어진다.

달아오른 불판 위를 맨발로 걷기도 하고, 관광객을 업은 채 깨진 유리조각 위를 밟으며 걷기도 한다.

야인곡 주변 봉우리

우리나라에서도 TV 쇼나 시장 바닥에서 흔히 하는 차력 쇼와 큰 차이가 없다.

나에게는 이런 것보다도 야인곡 주변의 봉우리들이 더 인상이 깊다.

야인곡이라 하여 처음에는 많은 기대를 하였으나, 숲속에다 세트장을 조잡하게 만들어 놓고, 그곳에 출퇴근하며 성의 없는 춤과 특징 없는 공연을 보여줄 뿐이다.

소수민족인 와족의 전통이나 생활상을 보여주는 것은 거의 없다.

춤과 공연이 대부분 여기저기서 베껴 온 짝퉁인 듯해서다.

그러니 진열해 놓은 소뼈며, 제웅이며, 모두 짝퉁 아닐까라는 생각이 든다.

그리고 무시무시한 인두제 풍습조차 관광객들을 끌어 모으기 위해 지어낸 이야기이고!

한마디로 모두 장삿속 아닌가?

와족들도 중국 당국에 이용만 당하는 사람들처럼 느껴져서, 한편으로는 애처롭기도 하고 불쌍하기도 하다.

그러니 전혀 야인곡 관광은 권하고 싶지 않다.

12. 사람의 머리로 제사를 지내는 풍습이 있다?

13. 오리무중(五里霧中)이 헛말이 아니었다.

2013.1.18 금

이제 여행의 마지막 날이다.

아침 식사 후 요산(堯山)으로 간다. 요산 관광은 케이블타를 타고 정상에 오르는 것이라 하니 다행이다.

요산은 계림에서 제일 높은 산으로 해발 909.3미터라는데, 계림에서 10km 정도 떨어져 있다.

산위에 요 임금을 섬기는 사당이 있어 요산이라 부르게 되었다고 한다.

요산에 가까워지니 무덤들이 많이 보인다. 모두 돌로 만든 묘들로 보기에 흉하다. 아마도 공동묘지 같다.

요산 케이블카 입구

요산: 리프트

요산 주차장에 내리니 사람들이 와서 장갑을 사라 한다.

날씨가 춥기는 조금 춥다.

사람들이 천 원짜리 장갑을 사서 손에 낀다.

케이블카를 탄다고 하는데, 무슨 장갑이 필요할까?

그런데 막상 안으로 들어가니 케이블카가 아니라 2인승 리프트이다.

리프트 난간을 잡으려면 장갑은 필수다.

그래서 장갑을 파는구나!

이럴 줄 알았으면, 오리털 점퍼에 장갑을 끼고 오는 건데…….

오늘 밤 비행기를 타야 하니 옷을 간편하게 입고 왔던 것이다.

더욱이 케이블카라 하여 장갑도 오리털도 모두 짐 가방 속에 있는데…….

이제는 할 수 없다. 현실은 인정해야 한다.

점퍼의 끝을 코앞에까지 올리고, 등 뒤 모자를 벗겨 내어 뒤집어쓰고 리프트에 오른다.

13. 오리무중(五里霧中)이 헛말이 아니었다.

산 위로 오르는데 칼바람이 불어오니 조금 추운 게 아니라 추워도 너무 춥다.

이제나저제나 언제 도착하려나 위를 보니 계속 올라가기만 한다. 그것도 천천히. 그 놈의 리프트 길기도 길다.

나중에 알고 보니 리프트의 길이가 1,416m란다. 약 20분 걸려야 도착하는데 이 20분이 왜 이리 긴지!

왜 이런 고생을 하여야 하나!

정말로 사서 고생이다.

케이블카 타면 발품을 팔지 않아도 된다 하여 좋아했는데 이렇게 매서운 추위가 기다리고 있는 줄은 미처 몰랐다.

정상에 도착하여 내리니 기념품 가게에서 역시 장갑을 판다.

장갑을 골라 보니 속에 털이 들어 있고 폭신하다. 3,000원이란다.

이럴 줄 알았으면 진즉에 장갑을 사는 건데…….

내려갈 때도 필요하니 주내 거 하나만 산다. 하나씩 노나 끼면 되니까.

정상에 오르니 전망이 좋다는데, 안개가 끼어 전망은 그저 머릿속에서 상상으로 느껴야 한다.

계림 시내 3,600 봉우리를 한 눈에 관망할 수 있다는데 보이는 것은 희부연 안개뿐이다.

단지 보이는 것은 노란 색깔의 금빛으로 빛나는 요 임금의 동상과 그 동상을 둘러싼 채 번을 서고 있는 9개의 불상뿐이다.

요 임금 사당 안에도 요 임금의 동상이 있다.

사당 안이라서 그런지, 여기에서는 앉아 계신다.

역시 금빛으로 빛난다.

사당을 지나 산 위로 오르는 길은 별로 특별한 것이 없다.

그냥 산책길 정도로 생각하면 된다.

돌로 된 12지상이 있는 '하늘이 내려 준 샘'이 있지만, 그 이름과는 거리가 멀다.

샘 주변에는 수백 개의 붉은 천 조각으로 단장되어 마치 빨간색으로 단풍든 것 같은 나무가 있을 뿐이다.

희뿌연 안개 속에서 길을 따라 걷다 보면, 역시 붉은색으로 오목새김해 놓은 요산이라는 글자와 함께 '주봉은 해발 909.3m'라는 글귀가 새겨진 돌덩어리가 눈에 뜨일 뿐이다.

한 바퀴 돌아 나오니 나오는 문 위에 문명시조(文明始祖)라는 현판이 달려 있다.

요 임금 동상

13. 오리무중(五里霧中)이 헛말이 아니었다.

요산: 해시계

요 임금이 문명의 시조라는 말인 듯하다.

가이드도 그렇게 설명한다.

내 알기로는 '문명(文明)'은 우(禹) 임금의 이름인데…….

우 임금, 그러니까 우문명 씨가 치산치수에 성공한 후부터 우리는 그 이름을 따서 '문명이 발달하였네, 어쩌구' 하면서 문명이라는 말을 처음으로 사용하게 된 것으로 알고 있는데 말이다.

밖에 있는 집의 옥상에는 해시계가 안테나와 좋은 대조를 이루면서 전시되어 있다.

밖은 아직도 말 그대로 오리무중(五里霧中)의 안개 속에 한치 앞도 잘 안 보인다.

이제 내려가야 한다.

다시 온 몸을 점검하고 리프트에 오른다.

리프트가 설치된 산허리 중간 지점에서부터는 봅슬레이를 타고 내려갈 수 있도록 해 놓았다.

그렇지만 얼음벽으로 둘러싼 것이 아니라 양철로 만들어 놓은 것이라서 봅슬레이가 튕겨 나가는 것 아닌가 의심이 들 정도이다.

봅슬레이를 타려면 물론 그만한 대가를 지불해야 한다.

물론 우리는 그 추위 속에서 돈까지 거금을 지불하며 봅슬레이를 타는 모험은 하지 않는다.

그냥 리프트에서 떨면서 내려가는데, 누군가 봅슬레이를 타고 내려가는 것이 보인다.

내려갈 때에는 비교적 올라올 때보다는 덜 추웠다.

리프트에서 계림의 봉우리들을 찍어 보지만 드러나는 것은 앞에 있는 리프트들뿐이다.

결국 요산 관광은 떨면서 안개 속을 헤매는 것으로 끝났다.

아깝다. 계림의 봉우리들이여!

13. 오리무중(五里霧中)이 헛말이 아니었다.

14. 천 년이 넘게 산 수염 난 나무

2013.1.18 금

산 위의 기념품 가게에서 나무로 만든 나무 그릇을 두 개 샀다.

나무 판에 홈을 연결하여 파낸 그릇인데, 납작한 것을 밀어내면 그릇이 되는, 정말로 아이디어가 돋보이는 물건이다.

손잡이까지 달려 있다.

하나에 만 오천 원이라는 장사꾼에게 오천 원, 오천 원 하면서 내려가니, 오천 원에 준다고 사람을 잡는다.

만 원 주고 두 개를 샀다.

얼마 전 여수 엑스포에서 똑같은 것을 보았는데, 물론 여기에서 산 물

용호공원의 대용수

건보다는 니스 칠을 하여 좀 더 고급스러워 보였던 것이긴 하지만, 한 개에 오만 원이라고 했던 기억이 난다.

산 밑에서 버스를 타기 전 군밤을 이천 원 주고 샀는데, 생각보다 양이 많아 여럿이 노나 먹을 수 있었다.

산 밑 기념품 가게에서 똑같은 나무 그릇을 '삼천 원, 삼천 원' 해보았더니 '사천 원' 내라 한다.

사천 원에 하나를 더 구입한다.

다른 사람들도 많이 샀다.

이제 버스는 용호공원(榕湖公園)으로 간다.

용호공원이란 1,000년이 넘었다는 대용수(大榕樹)라는 나무가 있는 호수의 공원이라는 뜻이다.

용호공원의 고용교

14. 천 년이 넘게 산 수염 난 나무

용호공원의 누각: 찻집

용(榕)이란 나무는 뽕나무과에 속하는 열대산 상록교목으로서 벵골 보리수라고 부르는 나무이다.

나무의 가지에서 수염이 나와 땅에 닿아 뿌리를 뻗어 나무를 지탱하는 조금은 웃기는 나무이다.

가이드는 일단 용호공원에를 왔으니 대용수부터 보고, 공원을 한 바퀴 죽 돌아보라 한다.

대용수 옆에는 고남문이라는 성문이 있고, 호수 한 가운데에 다리가 지그재그로 놓여 있으며, 그 너머 저쪽 편으로 누각이 있다.

호수 위의 지그재그 다리로 오르면서 주변 경관을 둘러본다.

저쪽 편으로 고용교(古榕橋)라는 아치형 다리가 주변과 참 잘 어울린다.

다리를 지나 누각 앞으로 가니 찻집이다.

용호공원의 누각

이곳 역시 둘러볼 만하다.

중국 사람들이 꾸며 놓기는 잘 꾸며 놓았다. 다리며, 누각이며, 누각에 달아 놓은 등이며…….

누각 뒤로 돌아가면 기암괴석들을 모아 놓은 대나무 숲이 있다.

빙 돌아 다시 나오며 구경을 한다.

그리고는 아까 보았던 아치형의 하얀 다리 고용교 위를 지나 이제는 호수 바깥에서 한 바퀴 돌며 구경을 한다.

용호공원에서 용호의 아름다움을 돋보이게 해주는 것은 무엇보다도 이 고용교라는 다리이다.

용호의 바깥으로 한 바퀴 돌다 보니 가이드와 약속한 시간이 다 되었다.

14. 천 년이 넘게 산 수염 난 나무

15. 귀신을 쫓는 춤

2013.1.18 금

이제 정강왕부(靖江王府)로 간다.

정강왕부란 정강왕의 집이라는 뜻이다.

명(明)나라를 세운 주원장(朱元璋)이 광서 지방을 다스리기 위해 형의 손자였던 주수겸(朱守謙)을 번왕으로 임명하여 정강왕이라는 작위를 주었다.

그러니 정강왕부는 정강왕 주수겸의 궁궐인 셈이다.

이후 14명의 왕이 이 지역을 다스렸다는데, 현재 정강왕부는 광서사범대학으로 사용되고 있다.

정강왕부: 승운문

따라서 오후 2시 이후에야 관광객에게 개방이 된다.

옛 성벽을 지나 정강왕부의 정문인 승운문(承運門)을 지나면, 그 앞으로 넓은 잔디밭이 펼쳐져 있고, 정강왕이 살며 업무를 처리하던 승운전(承運殿)이라는 건물이 있는데, 현재에는 당시 정강왕부의 기록물들이 전시되어 있다.

그 안에는 정강왕부의 모형이 전시되어 있고, 주원장과 주원장의 형 주흥륭(朱興隆) 이하 정강왕의 주인들 초상화가 그려져 있다.

지나가는 길의 방에는 왕부나무(王府儺舞)라는 현판이 걸려 있고, 그 속에서 두 사람이 얼굴에 붉은 가면을 쓰고 나와 춤을 춘다.

이 가면은 나면(儺面)이라고 하는데, 귀신을 쫓는 가면이라는 뜻이다. 그러니 이들은 왕부를 위해 귀신을 쫓는 춤을 추고 있는 것이다.

정강왕부: 귀신 쫓는 춤

15. 귀신을 쫓는 춤

독수봉에서 본 계림 시내

정강왕부 건물 뒤로 돌아가면 중산불사(中山不死)라는 탑이 있다.

중산은 손문 선생을 이름이니, 중산불사란 탑은 중산의 정신은 살아 있다는 뜻일 게다.

손문은 한 때 이곳에 머물면서 북벌의 기지로 삼기도 했다 한다.

옛날에는 이곳에서 과거시험을 보았다고 한다.

또한 그 옆으로는 홀로 우뚝 선 독수봉(獨秀峰)이라는 봉우리가 월아지라는 연못을 끼고 있다.

초승달 모양의 월아지(月牙池)라는 연못 속에는 역시 지그재그 다리로 연결된 저쪽에 정자도 있다.

이 연못은 계림의 4대 연못 중 하나라 한다.

그 명성은 물 위에 비치는 독수봉의 아름다운 그림자 때문이란다.

독수봉은 정강왕부 뒤편에 우뚝 솟아 있는 돌산인데, 이 봉우리 밑 부분에는 독수사(獨秀社)라는 굴이 있다.

이 굴은 옛날 정강왕부의 왕들이 마시던 술을 보관한 곳이라 한다.

굴 위쪽 절벽에는 많은 글자들이 새겨져 있다.

그 가운데 가장 크게 새긴 글자는 남천일부(南天一柱)라는 글자인데, 독수봉이 남쪽 하늘을 지탱해주는 첫 번째 기둥이라는 뜻이다.

독수봉을 오르려면 306개의 계단을 올라야 하는데, 계단 옆에는 '하늘 사다리'라는 뜻의 천제(天梯)라는 글씨가 서각(書刻)되어 있다.

독수봉에 오르는 계단을 천제라 부르는 것만 봐도 얼마나 가파른가를 짐작할 수 있다.

아이구, 오늘도 어김없이 계단을 오르내리는 팔자인 모양이다.

그렇다고 안 오를 수는 없는 것 아닌가!

이러한 고난의 시간을 인내하는 것도 관광이니까.

아이고를 연발하며 올라가니 정상에는 독수정이란 정자가 세워져 있다.

이곳에선 계림 시내의 모든 것이 다 한 눈에 들어온다는데, 그놈의 날씨가 흐려 안타깝기만 하다.

이번 계림 여행은 날을 영 잘못 잡은 것이다.

정강왕부를 나와 라텍스 가게로 간다.

같이 온 일행 중에 한 팀이 거금을 내고 침대에 까는 라텍스 요를 산다.

다행이다.

그런데 저녁을 먹기 전 대나무 솜 가게에 들른다.

15. 귀신을 쫓는 춤

대나무에서 뽑은 솜의 장점을 한참 설명하고, 대나무 솜으로 만든 행주, 칫솔, 치약, 내복, 양말, 허리띠 등을 선전한다.

사람들이 건강을 들먹이는 데는 약하다.

그렇게 말렸건만, 주내는 칫솔, 치약, 행주, 양말, 허리띠 등 무려 10여만 원 어치나 물건을 산다.

지금까지 차 가게, 라텍스 가게 등에서 자제되었던 마음이 졸지에 흔들려 버린 것이다.

가족의 건강을 생각하는 주내의 마음이 갸륵할 뿐이다.

16. 양강사호의 야경

2013.1.18 금

저녁을 먹은 후, 양강사호(兩江四湖)를 유람하는 배를 타러 간다.

양강사호란 두 개의 강과 네 개의 호수를 가리키는 것으로서, 두 강은 이강(漓江)과 도화강(桃花江)이고, 네 개의 호수란 이 두 강과 연결된 용호(榕湖), 계호(桂湖), 삼호(衫湖), 목룡호(木龍湖)를 말한다.

양강사호 유람은 밤에 유람선을 타고 양강사호를 구경하는 것인데, 배가 지나가는 주변에는 세계 각국의 유명한 다리를 모방하여 만들어 놓았고, 금탑, 은탑, 목룡탑, 그리고 낮에 본 용호의 찻집 누각 등에 조명을 밝혀 놓고 그 사이를 누비는 것이다.

일월쌍탑

강의 경치가 아름다운 것은 낮이나 밤이나 똑같다.

아니 밤에 비추는 조명 때문에 양강사호의 경치는 밤이 더 낫다.

오늘의 하이라이트다.

배가 출발하는 곳은 일월쌍탑(日月雙塔)이 있는 선착장이다.

일월쌍탑은 삼호(衫湖) 안에 있는 쌍둥이 탑을 말하는데 하나는 금탑, 하나는 은탑이라 부른다.

금탑은 해를, 은탑은 달을 상징하며, 해와 달로 계림의 앞날을 밝힌다고 한다.

배를 타기 전에 보는 일월쌍탑은 정말 아름답다.

물론 조명에 의해 하나는 금빛으로, 하나는 은빛으로 빛나는데, 그 조명 실력이 놀랍다.

배를 타고 가다보면 아까 낮에 본 용호의 누각들도 나타나고, 고용교도 나타난다.

호수 한 가운데에서는 분수가 솟아 나오고 그것을 조명이 받치고 있다.

누각에서는 조명 속에 유람선의 관광객을 위해 춤을 추고 악기를 연주하며 노래를 한다.

고용교 밑을 지나니 아까 보았던 개선문을 본뜬 다리로서 항가리의 세체니 다리를 모방하여 만든 영빈교(迎賓橋)가 조명 속에 빛나고 있다.

금문교를 본떠 만들었다는 여택교(麗澤橋)도 아름답다.

여하튼 중국인들의 짝퉁 만드는 실력은 알아주어야 한다.

다리 밑 천정에 그림이 그려져 있는 '물결을 보는 다리'라는 뜻의 관의교(觀漪橋)도 있다.

파리의 개선문과 세체니 다리를 흉내 낸 영빈교

금문교를 흉내 낸 여택교

16. 양강사호의 야경

또, 보적교(寶積橋)라는 다리도 있고, 여하튼 그 이외에도 많은 다리들이 야경 속에 빛나고 있다.

관의교를 지나니 배가 멈추며 가마우지가 고기를 잡는 것을 보여준다.

길다란 뗏목 배 양쪽에는 휴식 중인 가마우지들이 앉아 있고, 한 마리만 물속으로 들어가 고기를 잡아 올린다.

밤이라서 사진이 잘 나오지 않는다.

눈으로 보는 것만으로 만족해야 한다.

다시 배는 출발하고 강 옆으로는 호텔들과 옛날 집들이 보인다. 그리고 보적교인가를 지나니 저쪽 편으로 구멍 난 산이 조명 속에 보인다.

첩채산의 선학동임이 분명하다.

배는 계속 나아가 목룡호의 목룡탑을 보여준다.

목룡교 너머로 7층으로 된 목룡탑이 화려하다. 낮에 첩채

목룡탑

양강사호: 공연

산에서 내려다본 목룡탑과는 전혀 다르다.

이렇게 화려할 수가!

금탑, 은탑보다 훨씬 더 화려하다.

목룡탑을 뒤로 하며 이른 곳은 만리장성 같은 성벽 밑의 공연장이다.

큰 북과 징 같은 것이 걸려 있는 성벽 앞에서 소수민족 의상을 입은 사람들이 악기를 들고 연주하면 춤을 춘다.

신선들이 사는 세계에서 신선처럼 잘도 논다.

다시 되돌아 우리가 왔던 선착장으로 간다.

그리고는 공항으로 간다.

이제 계림과는 이별이다.

〈계림, 양삭, 이프 끝〉

16. 양강사호의 야경

17. 출발

2017.4.26 수

얼마 전, 부산에서 출발하는 서안 5일 패키지(특가)가 눈에 띄어 컴퓨터를 클릭 클릭한 결과가 오늘이다.

출발은 오후 10시 5분, 에어 부산으로 중국 서안으로 가, 서안, 병마용, 진시황릉, 화산 등을 구경하고 서안에서 현지 시간 4월 30일 새벽 2시 10분에 출발하여 부산엔 6시 35분 도착인 여행 패키지가 일인당 253,800원이었다.

오후 5시에 주내와 같이 전철을 타고 사상으로 가, 부산-김해 경전철을 갈아타고 김해공항으로 간다.

김해 공항에서 저녁을 먹고 비행기를 탈 셈이다.

부산 센텀 전철역에서 사상까지는 65세 이상 된 노인들에겐 전철이 무료이다.

그렇지만, 사상역에서 갈아타는 경전철은 돈을 내야 한다.

서울에선 서울 역에서 인천 공항까지도 무료이고, 춘천을 가거나 동두천을 가거나, 천안을 가도 노인들에겐 무료인데, 부산-김해 경전철은 돈을 따로 내야 한다는 것을 생각하니, 몇 천 원의 돈이 아까워서가 아니라, 지방에 산다고 차별대우 받는 거 같아 정말 기분이 안 좋다.

아니 서울 사는 노인들에게만 특혜를 주는 것이 아닌가? 대한민국 국민이면 똑같이 대우해야지, 무언가 잘못된 것이다.

부산 전철을 무료로 이용하는 것도 그렇다. 부산에선 부산대로 경로우대증인가 뭔가 카드를 만들어야 한다. 대전에서도 무료로 전철을 이용하려면 창구에 가거나 해야 한다. 서울 전철을 이용하려면 500원 동전이 필요하다. 500원을 보증금으로 넣고 주민증을 올려놓으면 나이를 확인하여 기계가 승차권을 주는 것이다.

그냥 전국 노인들에게 똑같은 경로우대 카드를 발급해 주고 전국 어디에서나 통용될 수 있도록 하면 안 되는가?

그러지 않고 지방자치단체마다 따로 경로카드를 발급해주고 그 지방에서만 쓸 수 있게 한정해 놓으니, 다른 지방으로 가는 경우 노인들을 엄청 불편하게 만드는 것이다.

이런 점 시정해야 할 것으로 본다.

혹자는 노인들에게 무료로 전철 이용함으로써 그 비용이 엄청나다며, 앞으로 계속 노인들이 늘어나게 될 것이니 이런 제도를 없애야 한다고 주장하는 사람들도 있다.

그러나 우리나라에만 있는 노인들을 위한 거의 유일한 복지제도인데, 없애는 것은 옳지 않다고 본다.

스웨덴에서 머무르고 있을 당시 들은 이야기이다.

겨울에는 노인들이 아프리카 남반부sk 동남아시아의 따뜻한 곳으로 가서 한 달간 살다 오도록 하는 노인 복지정책이 있다.

스웨덴의 겨울은 낮도 짧고, 밤도 엄청 길은 데다, 눈이 많고, 영하의 날씨가 겨울 내내 지속되는 까닭에 이런 환경 하에서는 노인들이 활동하기가 힘들다.

움직여야 건강한 법인데, 추운 긴 겨울 동안 집안에만 있으면 노인들의 건강은 병이 나기 쉽고, 이를 치료하는 데 드는 병원비가 엄청나다는 것이다.

17. 출발

오히려 남쪽 따뜻한 곳으로 휴가비를 주어 살고 오도록 하는 것이 이 비용보다 적게 든다고 하여 생긴 정책이다.

우리나라 노인들에 대한 전철 무료 정책은 노인들의 건강을 위해 매우 좋은 정책이다.

노인들이 움직일 수 있기 때문이다.

노인네들이 무료로 전철을 이용할 수 있다는 것은 세계에 내놓고 자랑할 만한 복지정책이라고 본다.

또한 이 정책은 노인의 수가 늘어난다고 없애야 할 정책은 아니라고 생각한다.

비행기 타러 가는 길

한편, 노인들이 시도 때도 없이 전철을 이용하는 것은 스스로 삼가해야 할 것으로 생각한다. 정말 특별한 일이 아니면, 출퇴근 시간은 피해서 노인들이 전철을 이용해주면 좋을 것이다.

실제로 많은 노인들은 출퇴근 시간은 피하고 있다.

일찌감치 김해 공항에 도착하였으나, 하나투어에서 모이라는 장소에 가보

비행기 탑승

니, 벌써 사람들이 와서 의자에 앉아 대기하고 있다.

우리가 빨리 온 것도 아니었다.

조금 있으니, 하나투어에서 인쇄한 일정표를 주면서 티켓팅을 위해 여권을 걷어 간다.

얼마 후 여권과 함께 항공권을 주면서 우리 일행에게 주의사항을 전달한다.

우리 일행은 전부 28명인가 되는데, 14명씩 나뉜 단체비자를 주면서 1번 여행자에게 통솔권을 부여한다.

우리는 무조건 1번 여행자의 얼굴은 기억해야 한다. 미아가 되지 않으려면!, 아니 그보다 다른 여행객들에게 피해를 입히지 않으려면.

저녁 식사는 공항 3층에서 간단히 한 다음, 출국 수속을 밟는다.

17. 출발

면세점을 이리저리 훑어보다가 자그마한 휴대용 소주가 6개 들어 있는 소주 팩이 5불이라서 요거 하나를 사려니, 조금 뭔가 밋밋하여 돌아보다가, 우리나라 술 경연대회에서 1등상을 받았다는 솔향기 난다는 '담솔'이라는 40도짜리 진짜 소주를 한 병을 곁들여 구입한다.

그래도 시간이 많이 남는다.

컴퓨터 인터넷을 무료로 이용할 수 있는 이층으로 올라가 컴퓨터를 살펴본다.

주내는 저쪽 안락의자에 앉아 있다.

드디어 탑승시간이 다 되었다.

아직 탑승은 시작되지 않았는데, 그 앞으로 어슬렁거리며 가다 보니 직원이 탑승 시작을 알려준다.

어쩌다 보니 1등으로 탑승을 하게 되었다.

좌석이야 지정되어 있는 것이니 천천히 탑승해도 되지만, 그래도 세상에 이런 일이, 우리가 1등 2등으로 비행기에 들어갈 수 있게 되다니!

비행기를 타고 보니 자리가 많이 비어 있다.

바깥으로는 진 에어(Jin Air) 비행기가 보인다.

정시에 비행기는 날아오른다.

비행기만 타면 난 언제든 기분이 좋다.

그리고 한 30분쯤 지나 저녁으로 기내식이 나온다. 저녁을 먹었어도 배고플 시간이다.

길지 않은 비행시간이라서 그런지, 기내식은 성찬이 아니라 약식이다.

이럴 줄 알았으면 아까 저녁 먹을 때 더 많이 먹어 둘 걸…….

18. 서안(西安)의 이것저것

2017.4.26 수

중국 서안 비행장에 도착한 것은 27일 새벽 0시 40분이다.

별로 길지 않은 비행시간이지만 비행기 속에서 벌써 하루가 지난 것이다.

바깥을 보니 중국 비행기가 보인다.

비행기에서 내려 입국 수속을 밟는다.

입국 수속을 밟는 것도 운이 좋은 것인지 공항 직원이 나부터 저쪽으로 가라고 한다. 이쪽엔 사람이 별로 없다.

비행기에선 제일 뒤에 내렸는데, 나오기는 제일 먼저 짐 찾는 곳으로

서안 공항

나온 셈이다. 여기서도 일등이다.

나오며 보니 내 앞에 서 있던 다른 분들이 나오려면 줄이 길어 한참 기다려야 될 듯하다.

짐을 찾은 후, 주내와 짐 찾는 곳에 앉아 일행이 나오길 기다리며 셔터를 누른다.

그런데 한 분이 안 나왔다는 것이다.

밖에서는 현지 가이드가 기다리고 있을 텐데…….

내가 먼저 나가 현지가이드에게 이야기하겠다고 1번 여행객에게 말해 놓고는 나와 보니 현지 가이드가 피켓을 들고 서 있다.

조금 더 기다려야 할 것 같다고 이야기 한 후, 이제 밖에서 기다린다.

무슨 일이 있었는지 모르겠으나, 약간의 시간이 흐른 다음 우리 일행이 모두 나왔음을 확인 한 후 버스에 오른다.

공항을 빠져 나와 버스에 오르기 전, 버스 타는 곳까지 걷는 동안 서안 공항의 관제탑을 사진에 담는다.

서안공항, 그러니까 정확하게 말해서는, 서안 함양 국제공항이라는데, 이 공항은 광주 공항, 포동 공항, 북경 공항에 이어 네 번째로 큰 공항이라고 한다.

공항을 나온 버스 위수를 지나 서안의 숙소로 향한다.

가는 동안 우리의 가이드는 자신이 가지고 있는 박학다식한 지식을 뽐낸다.

가이드 씨는 몸은 보통 키에 약간 뚱뚱하며, 나이는 44세라든가, 여하튼 40 좀 넘은 나이인데, 머릴 박박 깎아 나이가 꽤 들어 보인다.

자기 소개를 자랑삼아 하고, 중국인 운전수 소개를 하고, 숙소까지 가

서안 공항 관제탑

는 동안 이야기를 한다.

서안은 예전에는 '장안'으로 불렸으며, 싼시성[陝西省 섬서성]의 성도로 우리나라 경주에 해당하는 중국의 역사, 문화 도시이다.

서안은 북경, 항주, 남경, 낙양, 개봉과 더불어 중국 6대 고도일 뿐 아니라, 아테네, 로마, 카이로와 함께 세계 4대 고도로 알려져 있다.

서안은 기원전 11세기부터 서기 10세까지 주(周), 진(秦), 한(漢), 당(唐) 등 13개 왕조의 수도였으며, 실크로드의 시작점이기도 하다.

서안은 황하의 상류 지역인 위수(渭水) 유역의 관중평원(關中平原) 중앙에 위치한다.

위수평야라고도 부르는 관중평야는 약 450km가 펼쳐져 있는 대평원이고, 남동쪽은 산이 있어 천하의 요새이다.

18. 서안(西安)의 이것저것

위수를 지나면서 사리의 옳고 그름을 따질 때 쓰는 말 경위(涇渭)의 뿌리가 이 위수와 경수(涇水)에서 나왔음을 말해 준다.

이곳의 기후는 사계절이 분명하고 봄은 따뜻하고 건조하며 바람이 많이 불며, 여름은 햇볕이 강하고 덥다. 가을은 온화하며 비가 자주 내리며 약간 습하다. 겨울은 추우며 건조하며 눈과 비가 적은 편에 속한다.

비가 올 때에도 밤이나 새벽에 가랑비나 보슬비가 2-3시간 정도 내린다고 한다.

따라서 논농사는 지을 수 없고 밭농사만 짓는다. 주로 밀, 보리, 옥수수 농사를 많이 지으며, 넓은 평원의 황토에 일조량이 좋아 포도, 사과, 키위, 견과류, 석류 등이 이 고장 특산물로 유명하다.

강수량이 적다고 하는데, 그럼에도 불구하고 몇 미터씩 쭉쭉 뻗은 나무들이 가로수로 서 있어 그늘을 만들어 준다.

속으로 '물도 부족할 텐데, 어찌 이렇게 나무가 클 수 있을까?' 의심이 든다.

현재 온도는 10도~12도이고, 흐린 상태이다.

여기선 건조하고 몽골 쪽에서 날아오는 황사 때문에 뜨거운 물을 많이 마시는 게 좋다. 찬물보다 뜨거운 물을 많이 마시는 이유는 중국 음식이 기름기가 많기 때문이다.

이곳에서 분양되는 아파트는 내부 인테리어가 전혀 되어 있지 않은 채로 분양되는데, 보통 30평짜리가 일억 원 정도 간다고 한다.

그렇지만 주차장 비용은 따로 내야 한다는데, 주차장 값이 분양가의 2/3 정도 차지한다고. 따라서 일 억짜리 아파트를 분양받으면, 주차장 비용으로 은 6~7천만 원이 더 붙는다.

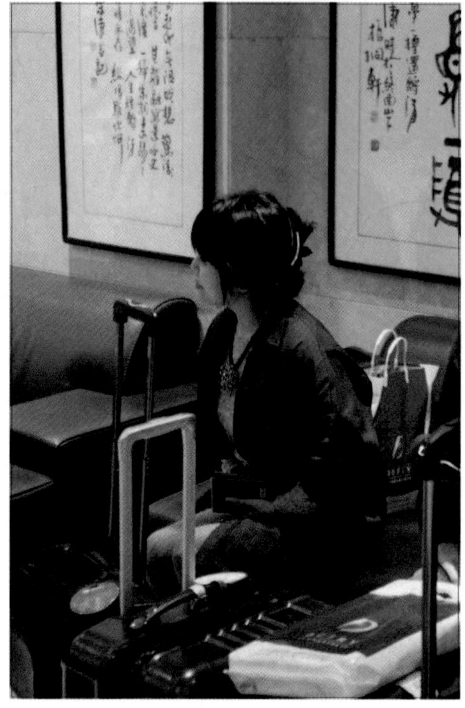
서안풍윤대반점

분양가 1억에 주차장 값 7천만 원, 그리고 인테리어 비용, 사람에 따라 다르겠지만 5천 만 ~ 1억 정도 든다고 보면, 약 2억 2천만 원에서 2억 7천 이상 든다고 봐야 한다.

우리 숙소인 서하호텔에는 한 시간이 넘어 도착한다.

원래는 자금성 호텔로 가야 하는데, 서하호텔로 바뀌었다 한다.

가이드 말로는 서하호텔이 자금성 호텔보다 더 좋다며 우리보고 행운아들이라고 한다.

방을 배정 받아 들어가 보니 실제로 흠잡을 데 없는 좋은 호텔이다. 지금까지 중국에서 가본 호텔 가운데 제일 좋은 듯하다.

시간은 어느 덧 현지 시간으로 2시 반이 넘었다.

가이드는 내일 아침 7시에 모닝콜을 해줄 거라며 9시에 출발한다고 한다.

좋은 침대에서 이제 잔다.

19. 혜초 스님이 유학 온 곳, 흥선사

2017.4.27 목

아침에 일어나 샤워를 하니 살 거 같다.

아침 식사를 하러 7층으로 간다.

내려가 보니 아침은 뷔페식인데, 주로 채소가 많다. 물론 미국식으로 시리얼 따위도 있고, 과일도 종류별로 있다.

아침을 잘 먹고, 어제 산 소주를 챙기고, 카메라를 들고 나오니 다른 분들은 벌써 다 나와 있다. 아직 9시가 안 되었는데…….

밖으로 나와 호텔 부근의 풍경을 찍는다.

그리고 버스에 올라탄다.

서안풍윤호텔 주변 풍경

가이드가 다시 중국에 관해 섬서성이 중국의 한 가운데에 위치하고 있는데, 그 형태가 한반도 형태와 비슷하다고 한다,

지금의 중국 영토로 볼 때 한 가운데지, 역사적으로 보면, 옛날 진, 한, 당 시대에는 서쪽의 변방 지역이었는데……. 모택동이 적화 통일 이후, 티베트도 집어 먹고, 위그르도 집어 먹었으니 이제 한 가운데가 된 것 아닌가!

어찌되었든 서안에는 110개 박물관이 있고, 150개 사찰이 있으며, 등등을 이야기하는 데, 잘 기억이 나지 않는다.

어찌되었든 서안이 경제적으로나 인구로 볼 때, 중국의 9번째 큰 도시이며, 박물관이 많은 것을 볼 때, 서안이 문화도시이고 역사적인 도시임은 틀림없다.

일제시대 때 불리던 우리나라 가요 "황성 옛터에 밤이 되니 월색만……"에서의 황성이 바로 이곳 서안을 가리킨다고 한다. 곧, 서안은 옛날에는 장안이라 불렸고, 황성이라는 것은 당 현종 때의 장안성을 말한다는 것이다.

여기에서 동쪽으로 500km 정도 가면, "낙양~성, 십리 허에……."의 노랫말에 나와 있는 낙양이 위치하고 있다.

가이드 씨는 그러면서 황당한 일을 표현하는 말 '어쭈구리'의 어원에 대해 설명한다.

우리말 어쭈구리는 한자로 어주구리(魚走九里)에서 온 말이라며, 말 그대로 "고기가 구리나 달려간다."고 하니 얼마나 황당하겠는가!

결국 낙양이나 황성이 우리 옛 가요에 나오고, 어쭈구리라는 말의 어원을 볼 때, 우리나라가 옛날에 이곳을 지배하지 않았을까라는 생각을 하

게 된다고 한다.

그럴지도 모르겠다.

요즘 페이스북에선 조선이 한반도에 있지 않고 중국 대륙에 있었다며, 식민사관에 의해 우리 역사가 축소되었다고 주장하는 사람들이 있는데, 이들이 들으면 참 좋아할 듯하다.

이들에 따르면, 우리가 배운 역사가 이병도 씨를 비롯한 친일 역사학자들에 의해 날조된 것이라는데…….

기존의 역사가 항상 사실(事實)에만 근거한 것은 아니기 때문에, 그리고 설사 그렇다 하더라도 이건 좀 너무 한 거 아닌가라는 생각이 든다.

내가 잘못 생각했나?

이걸 보면 교육의 효과는 무시 못할 정도로 큰 것이다.

흥선사로 들어서며

천왕전 안 배불뚝이 스님: 포대화상?

가다 보니 지하철 공사가 한창이다. 현재 3호선을 짓고 있다고 한다.

약 한 시간 좀 덜 걸려서 흥선사라는 절에 도착한다.

흥선사는 서진 무제 시기인 265년에 창건된 밀종(密宗)의 발상지로 서안에서 가장 오래된 사찰이다.

참고로 밀종은 중국 불교 가운데 마지막으로 형성된 종파인데, 공개적으로 가르쳐주는 것이 아니라 마음을 통해 비밀스럽게 교리를 전파하는 까닭에 밀종이라는 이름이 붙은 것이다.

이 절에는 수·당 시대에 역경원이 설치되어 인도 출신 외국인 승려들의 발길이 이어진 곳이라 한다.

이 가운데 스리랑카 출신으로 인도 말, 자바 말, 중국말에 능통했던 불공 스님이 12년 걸려야 하는 불경을 6개월만에 번역했다고 한다.

불공의 법을 이어받은 8대 제자 가운데 한 분이 신라의 혜초 스님(704-787)이라 한다.

그냥 간단히 말해서 혜초 스님이 이곳에 유학을 와 불교를 배우고, 해로와 육로를 통해 인도를 다녀왔으며, 그것을 기록한 것이 왕오천축국전이다.

또한, 혜초 이전에 원광법사(555-638)도 이곳으로 유학을 와 〈섭대승론(攝大乘論)〉에 대한 연구를 한 후, 신라로 돌아와 설법하였다고 한다.

이 절은 방이 총 243칸이며, 남북 방향으로 건물들이 일자형으로 배치되어 있는데, 천왕전, 대웅보전, 관음전, 동서선당, 법당 등이 순서대로 있다.

또한 당나라 석각 사자, 단향나무로 된 천수천안관음보살상, 티베트

흥선사: 향

천수천안관음보살상

라마가 청나라 강희제에게 바친 이십일도모, 명나라 때의 여래불상 등 희귀한 종교 예술품이 보존되어 있다.

19. 혜초스님이 유학온 곳, 흥선사

20. 동북공정의 실체를 보다.

2017.4.27 목

대충 대충 훑어보고 '진 2세 묘'라고 하는 호해(胡亥) 무덤으로 간다.

무덤으로 가는 도중 빌라 촌을 지나면서 가이드 씨는 저기가 부자 동네라 한다.

그러면서 중국 부자에 대해 설명을 시작한다.

중국은 빈부 격차가 매우 크며, 부잣집 한 집을 털면 은행 하나에 들어 있는 현금보다 더 나온다고 한다. 마치 한 번 털어 본 것처럼!

여하튼 서안에 저런 부자 동네가 5개 있다 한다.

무덤에 도착하여 가까이 가보니 '진2세황제릉'이라는 묘비가 세워져

진2세황제릉

있으나, 황제릉 치고는 상당히 초라해 보인다.

무덤은 직경이 25m, 높이 5m로서 자그마하여 우리나라 삼국시대의 왕릉 비슷한 조그마한 동산이기 때문이다.

호해가 황제가 되었다가 죽은 후 여기에 묻힌 사연은 다음과 같다.

진시황이 춘추전국시대를 마감하고 중원을 통일한 후 스스로 황제라 칭하였다.

진시황이 죽은 후, 유서에는 당시 황태자인 부소에게 왕위를 물려준다고 되어 있었으나, 승상 이사(李斯)와 환관 조고(趙高)가 유서를 위조하여 시황제의 18번째 아들인 호해(胡亥)를 황위에 올려놓는 바람에 진 2세가 되었고, 황태자였던 부소는 조작된 유서에 따라 자결하였다고 한다. 그리고 요놈들은 진시황의 아들들을 모두 잡아 죽였다 한다.

이후 호해는 조고와 이사에게 모든 정치를 맡기고, 사치와 향락에 빠져 인생을 즐기는 사이에, 조고와 이사 사이에 갈등이 생겨 조고가 이사를 허리를 잘라 죽이고 승상이 된다.

정권을 잡은 조고의 위세를 말해 주는 고사(故事)가 지록위마(指鹿爲馬)이다. 조고가 어느 날 어리석은 황제 호해에게 사슴을 가져와 "말을 바친다."고 한 것이 지록위마의 내용이다.

이때, 신하들 가운데 사슴이라고 말하는 자들을 조고는 무자비하게 숙청해 버렸다는데, 이후 신하들은 조고의 말이면 무조건 수긍하게 되었다 한다.

결국 조고는 군사를 끌고 함양궁으로 쳐들어와 호해보고 자결하라고 다그치니 호해는 목숨을 애걸했지만 결국 자결할 수밖에 없었고, 그 무덤이 진2세황제릉이다.

호해가 진2세황제릉으로 들어간 나이가 24세였다고 한다.

20. 동북공정의 실체를 보다.

천하통일 비

조고는 부소의 아들 자영을 다시 황제에 앉혔으나, 결국 그도 자영에게 죽임을 당한다.

진2세황제릉을 보기 위해 들어가는 산문(山門) 입구에는 천하일통(天下一統)이라는 커다란 비석 위에 황제의 권력을 상징하는 정(鼎: 발이 셋 달린 솥)이 놓여 있고, 좌우로 진나라 병정의 갑옷을 입고 창과 방패를 든 진의 무사들이 각각 세 명씩 그것을 지키고 있다.

진시황의 통일을 상징하는 비석이다.

능 앞쪽 산문을 들어서면, 춘추전국 시대를 마감하고 중원을 통일한 진나라의 영토를 표시한 지도가 그려져 있는데 완전히 엉터리 지도이다.

진이 통일한 그 당시 진의 강역은 양자강 이북 황하를 중심으로 한 영역인데, 황하 이남은 물론 우리나라 평안북도의 일부까지를 진의 영역

진나라 무사들의 갑옷과 창

이라고 표시해 놓고 있다.

말로만 듣던 중국의 동북공정이 무엇인지를 실감하게 해 준다.

중국인들과 일본인들의 역사 왜곡, 어디까지 갈 건가!

고얀 놈들!

이 산문에는 몇 점의 유물과 함께 '진 2세'인 호해(胡亥), 태자 부소(扶蘇), 승상 이사(李斯), 장군 몽염(蒙恬), 환관 조고(趙高) 등의 초상화가 걸려 있다.

아마 저 그림도 후세에 그냥 그려 놓은 것일 게다.

한편, 능에서 내려오는 길 왼편에는 진의 무사들이 입고 있던 갑옷과 창이 진열되어 있다.

사람들은 이곳에서 갑옷 뒤로 가 얼굴과 팔을 내놓고 사진을 찍는다.

20. 동북공정의 실체를 보다.

21. 분수 쇼

2017.4.27 목

가이드 씨는 곡강 유적지 공원인 남호공원으로 우리를 데리고 간다.

가는 길은 진2세황제릉에서 나와 계단을 따라 내려가면 대로 밑으로 뚫린 터널이 나오는데, 그 터널을 지나면 된다.

터널 위에는 곡강유적지공원(曲江池遺址公園)이라는 현판이 붙어 있고, 터널 안에는 좌우 벽에 이 유적지에서 나온 와당(瓦當)들을 전시하고 있다.

터널을 지나니 열강루(閱江樓)라는 엄청 나게 큰 4층 누각이 우리를 맞이한다.

그 옆 오른쪽으로 돌아가면 남호공원이 나오는데, 당나라의 역사를 보여주듯 당나라 때의 말, 마차 등 여러 가지 조형물들이 있고, 곡강에는 정자와 누각 등이 수양버들과 어울려 참

와당

남호공원

좋은 경치를 보여주고 있다.

워낙 넓은 곳이어서 이리저리 돌아다니며 발품을 판다.

가이드씨가 약 40분 정도 시간을 주었으나, 저쪽 끝까지는 가볼 수가 없다. 대충 사진을 찍고 돌아 나와 가이드 씨가 말한 11시 40분에 버스를 타고 출발한다.

12시에 시작하는 아시아에서 두 번째로 큰 분수 쇼를 보아야 한다며, 프로그램에 있는 대당불야성(大唐不夜城) 거리를 지나간다.

첫 번째 큰 분수 쇼는 정주에 있는 것이라 한다.

여하튼 중국 사람들 큰 거 되게 좋아한다.

대당불야성 거리는 당나라 풍경을 보여주는 거리로 조성되어 있는데, 당대(唐代)의 건축물은 물론 당태종부터 측천무후를 비롯하여 마지막 당의

남호공원

남호공원

대당불야성 거리

황제들 석상 및 그 당시 활약했던 인물들의 석상이 거리 이곳저곳에 놓여 있다.

그리고 말 그대로 밤에는 불야성(不夜城)을 이루는 곳으로 밤에 와서 거닐면 좋을 듯하다.

비록 밤은 아니지만, 좀 내려서 한 십분이라도 이곳저곳 다니면서 보면 좋으련만, 분수 쇼를 보아야 한다는 가이드의 강력한 주장에 그냥 차로 통과하며 보는 차창관광이 된 셈이다.

분수 쇼는 대안탑 북광장에 있는 분수들이 12시부터 12시 20분까지 물줄기를 내뿜는 것을 관람하는 것이다.

물론 돈은 안 낸다.

12시에 대안탑문화휴한경구(大雁塔文化休有閑景D區 Dayan Pagoda

분수 쇼

대안탑

분수 쇼

Cultural and Leisure Scenic Spot)라 적힌 표지판을 지나 분수 쪽으로 가니 분수들이 일제히 물을 뿜는다.

분수 사이로 오른쪽으로는 높은 건물들 위에 누각을 지어 놓은 것이 보이고, 왼쪽으로는 저 멀리 대안탑이 보인다.

대안탑은 자은사(慈恩寺) 안에 있는 탑인데, 자은사는 648년 당나라 고종이 황태자였던 648년, 어머니 문덕황후(文德皇后)의 극락왕생을 위해 세운 절이다.

10여 개의 전각에 1897칸의 매우 큰 규모의 절이며, '대자은사'라는 사액을 받은 곳이다.

이 절은 현장법사가 17년에 걸쳐 645년 인도에서 돌아오자, 가져온 경문을 이곳에서 번역하고 보관한 곳으로 유명하다.

21. 분수 쇼

22. 중국판 피사의 사탑 대안탑

2017.4.27 목

현장이 가지고 온 경전과 불상을 보관하기 위해 652년 자은사(慈恩寺)에 인도식 5층 전탑을 세웠는데, 이것이 대안탑이다.

처음 만들었을 때에는 각층마다 부처의 사리를 보관하고 있었는데, 전란과 지진 등으로 많이 훼손되었다고 한다.

이 탑은 701년 인도 양식으로 지은 64m의 4각 7층탑인데, 여기에 오르면 서안 시내를 내려다 볼 수 있다.

이 탑은 중국판 피사의 사탑으로도 유명하다고 한다.

이 탑의 꼭대기는 서북 방향으로 많이 기울어져 있는데, 이에 대해서는 청나라 때 기록이 있다. 곧, 1719년(강희 58년) 측정에 따르면, 이 탑

대안탑

이 서북 방향으로 19.8cm가 기울어져 있었다는 기록이 그것이다.

이후 이 탑은 계속 기울어져 1991년에는 1m가 넘게 기울어졌다고 한다.

이와 같이 기울게 된 연유는 당나라 때 이 지역은 강수량이 많았지만, 그 이후 송나라 때부터 건조해지기 시작하여 지하수 수위가 낮아졌기 때문이라 한다.

더욱이 1960년대 들어와 대안탑 부근의 지하수를 대량으로 뽑아 썼고, 1980년대 후반부터 서안의 인구가 급격히 늘어나면서 지하수 개발이 지속적으로 이루어졌고, 이에 따라 대안탑도 계속 기울어졌다고 한다.

최근 들어 중국 당국이 지하수 개발을 금지함으로써 대안탑도 조금씩 본 상태로 돌아가고 있는 중이라 한다.

대안탑 북광장 조각상

곧, 2009년부터는 해마다 대안탑 주변 지역에 40만 톤의 지하수를 채워 넣고 있는데, 그 결과 해마다 0.1cm씩 원래 상태로 돌아가고 있는 중이라고 한다.

대안탑

요렇게 계산해 볼 때, 천년 후에는 원상태로 돌아갈 수 있다고!

자은사라는 절 이름은 자은종에서 온 말인데, 자은종(慈恩宗)은 현장법사가 인도로부터 가지고 들어온 불교의 유파로 공(空)사상과 미륵신앙으로 대표된다.

'인연으로부터 생겨나는 모든 법은 공하다.'라는 것이 이 종(宗)의 핵심사상이다.

미륵신앙은 '도솔천에 계시는 미륵보살이 때가 되면 이 세상으로 내려와 널리 불법을 펴고 중생을 제도할 것'이라는 믿음으로 우리나라에도 널리 퍼져 있는 신앙이다.

서유기의 모델이 된 현장이 당나라를 떠나 천축으로 불경을 가지러 떠날 때에는 63명이 수행했다 한다.

그러나 돌아올 때에는 삼장법사를 포함하여 4명만 돌아왔다고 한다.

그러면 다른 사람들은 어찌되었냐고?

가이드 씨 말로는, 반은 죽고 반은 아직까지도 인질로 붙잡혀 있다 한다.

대안탑 관광은 성수기 25위안, 비수기 20위안이고, 탑에 오르는 요금은 따로 20위안인데, 우리 프로그램에는 그냥 북광장에서 분수 너머로 조망하는 조망 관광이라고 쓰여 있다.

그래도 미련이 남아 분수 사이로 사진을 잡아넣고 대안탑 가까이로 가 본다.

그리고는 걸음을 빨리 하여 버스로 돌아온다.

분수 쇼가 끝나니 이제 밥을 먹어야 한다.

10분쯤 지나 덕발장(德發長)이라는 이곳에서 유명한 맛집으로 들어가 자리를 잡는다.

음식은 그런대로 먹을 만하다.

23. 갈라졌다가 다시 합쳐지길 세 번이나!

2017.4.27 목

점심을 먹은 후 주작로를 거쳐 소안탑으로 간다.

대안탑을 보았으니 이제 소안탑을 연구할 차례이다.

소안탑으로 들어갈 때에는 소지품 검사를 한다.

무사히 통과하여 소안탑을 중심으로 사진을 찍는다.

일단 옆으로 난 문으로 가보니 장미며, 꽃들로 구성된 화원이다. 별거 없는 거 같아 소안탑으로 향한다.

소안탑

소안탑(小雁塔)은 천복사(薦福寺) 안에 있는 탑이다.

천복사는 당나라 때 당 현종의 딸인 양성(襄城) 공주가 살던 옛집이었는데, 당 예종 때, 당 고종의 명복을 빌기 위해 사당을 세우고 헌복사(獻福寺)라 이름 지었는데, 측천무후 때 천복사로 이름을 개명한 곳으로 당대에는 장안성

내에서 가장 유명한 절이었다고 한다.

이 절이 유명한 것은 당나라 승려 의정(義淨)이 바닷길로 인도에 가서 경전을 얻어 와 이곳에서 그것들을 번역하여 대량의 경전을 남겼기 때문이며, 이를 보관하기 위해 지은 것이 소안탑이라 한다.

이 가운데 의정이 집필한 〈대당서역구법고승전 大唐西域求法高僧傳〉은 중인(中印)간 문화교류 연구에 매우 중요한 책이라 한다.

소안탑은 처음에는 15층으로 높이가 약 46m였다는데, 현재는 꼭대기가 훼손되어 13층만 남아 있고 높이는 43.94m로 줄어들었다고 한다.

탑 기단부 둘레 길이는 11m이고 탑신의 매 층마다 겹처마가 쳐들려 있고 남북 양쪽에 각각 문이 하나씩 나 있다.

이 탑의 안은 층마다 마루판과 나무로 된 계단이 있어 위로 올라갈 수 있다.

이 탑은 '삼열삼합(三裂三合)'이라는 기적의 사연을 갖고 있다. 이 말은 말 그대로 "세 차례 갈라졌다가 다시 세 차례 합쳐졌다."는 것이다.

소안탑

23. 갈라졌다가 다시 합쳐지길 세 번이나!

소안탑

곧, 1487년의 지진으로 꼭대기에서 밑바닥까지 1척 남짓 금이 갔다는데, 34년이 지난 1521년 어느 날 지진이 일어났고 하룻밤 사이에 합쳐졌다고 한다.

이에 관하여는 소안탑 북문 문미(門楣 문 위에 가로 댄 나무)에 새겨 놓았다 하니 관심이 있는 분은 잘 읽어보시라!

이런 기적은 이후 두 번이나 더 나타났다고 한다. 곧, 1556년 지진으로 다시 갈라졌다가 1664년에 다시 합쳐졌고, 1691년에 다시 갈라졌다가 1721년에 다시 합쳐졌다 한다.

대안탑, 소안탑은 모두 기러기 안(雁)자를 쓴 기러기 탑인데, 왜 기러기 탑이라고 불렀을까?

여기에도 사연이 있다.

그 사연은 현장이 쓴 〈대당서역기〉에 나온다고 한다.

곧, 마갈타 왕국의 어떤 승려가 육식을 허용하는 소승불교를 믿고 있었다.

그 승려가 배고픈 상태에서 하늘을 보니 기러기 떼가 날아가고 있었다는데, 기러기들을 보며 “아이고 배고파!” 한마디 하자, 기러기 한 마리가 바로 그 앞에 떨어져 죽었다 한다.

안탑신종

이 승려가 이 일을 친구들인 다른 중들과 상의하면서, 배고픈 중에게 기러기가 몸 보시를 한 것이 부처님의 뜻임을 깨닫게 되었다고 한다.

그래서 이들은 소승불교를 버리고 대승불교로 개종하였고, 부처님 가르침을 기리기 위해 탑을 세우고는 죽은 기러기를 그 아래에 묻었다는 데에서 ‘기러기탑’이 유래한 것이라 한다.

이 절 안의 큰 쇠종 이름은 안탑신종(雁塔晨鐘)인데, 무게가 10톤이나 되며 금(金)나라 때 주조된 것으로서 외형이 아름답고 소리가 우렁차 ‘안탑의 아침 종소리’를 중국인들은 관중(關中) 8경의 하나로 꼽고 있다고 한다.

23. 갈라졌다가 다시 합쳐지길 세 번이나!

24. 서안박물관의 보물들

2017.4.27 목

걸음을 빨리 하여 오른쪽 쪽문으로 나가 보니 저쪽에 청나라 때 대신들이 쓰던 모자 같은 지붕을 얹은 커다란 건물이 보인다.

가보니 서안박물관이다.

박물관 안으로 들어가 일 층, 이 층을 구경한다.

주로 불상들이 전시되어 있는데, 걸작들이 많다. 재료는 주로 쇠나 돌로 되어 있다.

그 가운데 곡옥도 있다. 곡옥은 동이족의 유물일 텐데…….

부지런히 보고 나와 소안탑 밖에 있는 못 쪽으로 간다.

수선화가 군락을 이루어 아름답게 피어 있다.

서안박물관

서안박물관 불상

서안박물관 불상

다시 쪽문을 통해 소안탑 쪽으로 들어가 버스 있는 곳으로 간다.

가이드 씨가 14시에 출발한다고 하였으니, 시간이 별로 많지 않다.

시간을 충분히 주었으면 좋겠으나, 그건 순전히 가이드 맘이다.

또한 다른 분들은 대충 소안탑만 보고 버스에 앉아 계신 분들도 있으니까 가이드도 맘대로 못할 것이다.

이 분들은 물론 서안박물관도 못 보았을 것이다. 아니 안 보았을 것이다.

어찌되었든 시간

은 지켜야 하는데, 시계를 보니 약 4분 정도 남아 있다.

소안탑 입구 오른쪽

소안탑 입구에서 오른쪽으로 둥그런 문이 있어 들어가 본다.

기념품 파는 곳들이 있고, 저쪽으로는 못 가운데 탑이 하나 놓여 있다.

얼른 사진을 찍고 나와 버스를 탄다.

아직 시간은 1분 남짓 남았지만, 내가 제일 마지막이다. 괜히 미안한 생각이 든다. 잘못한 것도 없이!

버스는 이제 팔로군서안변사소(八路軍西安辨事所)기념관으로 간다.

가는 도중에 우리

못 속의 탑

서안 종루

나라 남대문처럼 길 한 가운데에 딱 버티고 있는 종루(鐘樓) 옆을 지난다.

서안에 있는 종루(鐘樓)는 명나라 때(1384년) 축조한 것으로서 당시에는 장안성 한 가운데에 있었는데, 200여 년의 세월이 흐르면서 동쪽과 북쪽으로 성이 확장되면서 종루의 위치도 점점 중심에서 벗어나게 되어 1582년에 이 자리로 이전한 것이라 한다.

이 종루는 서안의 상징물로서 중국에 있는 종루 중 가장 규모가 큰 것 중의 하나이다.

이 종루의 누각은 정사각형이며, 1,377㎡의 면적 위에 높이는 36m인데, 못을 사용하지 않고 지은 건물로 유명하다.

특별히 아름다운 것은 아니나 묵직하고 장중한 것이 나름대로 그럴싸하다.

24. 서안 박물관의 보물들

이곳은 중국의 역사가 담겨져 있는 곳이라 한다.

곧, 신해혁명 당시 청나라 팔기군(八旗軍)이 신군(新軍)과 격전을 펼치며 끝까지 사수하려 했던 곳도 종루이고, 이후 황제를 자칭한 원세개(袁世凱: 위안스카이)에 대항하여 싸우던 군대가 원세개의 군대에 포위된 채 일진일퇴의 싸움을 벌였던 곳도 이곳이다.

또한 국민당 정부의 비밀 감옥으로 쓰이기도 했고, 서안 최초의 영화관으로 쓰이기도 했으며, 천문관이 되기도 했고, 찻집으로 이용되기도 했다. 문화대혁명 때 표어로 뒤덮였던 곳이고 문화대혁명의 종결과 더불어 사인방을 성토하는 대자보가 붙었던 곳도 바로 종루 옆 성벽이었다고 한다(주간경향 1157호, 2015.12.29)

여기에는 당나라 시대 만들어진 대형 청동 주조로 된 종이 있다.

한편, 이곳 종루에서 450m 떨어져 있는 곳에 종루와 비슷한 크기의 고루(鼓樓)가 있다.

25. 그저 머리가 멍할 뿐이다.

2017.4.27 목

팔로군 서안변사소 기념관에 도착한 것은 14시 23분이다.

가는 도중에 가이드 씨는 팔로군에 관해 장황하게 설명을 해준다.

중국 국민혁명군 제 팔로군은 1937년 제 2차 국공합작 후에 중국 공산당 휘하에 창설된 독립적 성향을 가진 부대이다.

이곳은 항일전쟁 당시의 혁명 근거지라는데, 주덕, 등소평 등 공산당 간부들과 우리나라의 김두봉, 김원봉, 무정, 정율성 등 독립운동가들이 묵으면서 항일투쟁을 한 곳이다.

현대사적으로 볼 때, 매우 의미 있는 곳이지만, 크게 볼 만한 것은 없다. 집들이 다닥다닥 붙어 쪽문으로 연결되어 미로처럼 얽혀 있는데, 침대며, 회의실, 사무실 등에 사진과 집기 등이 놓여 있을 뿐이다.

가이드 씨는 항일 운동 당시 우리나라의 독립운동가들이 어떻게 활동하였는가, 그리고 독립 후 어찌되었는가를 열심히 설명하였지만, 그 당시 들을 때뿐이고, 기록해 놓지 않아 지금은 그저 머리가 멍할 뿐이다.

팔로군 서안변사소 기념관 건물들

어찌되었든 김구 선생을 비롯하여, 철기 이범석, 홍범도 장군, 그리고 북으로 넘어간

팔로군 서안변사소

김두봉, 무정 등등의 인물들에 대한 이야기를 들었고, 그저, "참 훌륭한 분들이구나, 이 분들 덕에 우리가 일제에서 벗어났구나." 하는 느낌만 남았다.

사람이 취미가 없으면 귓등으로 넘기는 것이다. 아마 현대사를 공부하는 사람 같으면 귀에 쏙쏙 들어왔을 것이다.

하나 기억되는 것은 광주 출신 정율성이라는 분이 팔로군 군가를 작곡하였다는데, 이 팔로군 군가는 현재 중국인민해방군 군가로 아직도 불리고 있다고 한다.

어찌되었든 이런 분들이 여기에서 고생하며 쪽잠을 자면서 독립운동을 한 그 덕을 잊으면 안 될 것이다.

이제 흥경궁으로 향한다.

흥경궁으로 가는 도중 서안 성벽을 지난다.

서안 성벽은 전체 길이가 13.6km, 높이가 12m, 폭이 15m인 성벽인데, 아직까지 제대로 남아 있는 성벽이다.

이 성벽은 명나라 초기에 건설되었으니, 약 600년이 지났으나 아직도

서안 성벽

건재하다.

옛날에 서안을 철옹성이라 불렀다는데, 과연 철옹성의 면모를 보여준다.

서안 성벽은 그저 차를 타고 지나가며 쳐다보는 것으로 만족한다.

내 맘대로라면, 내려서 성벽 위로 기어 올라가 봐야 속이 시원하겠지만, 단체 패키지여행이니 가이드 씨가 하라는 대로 할 수밖에 없다.

25. 그저 머리가 멍할 뿐이다.

26. 양귀비는 내 타입이 아닝게벼!

2017.4.27 목

흥경궁은 양귀비가 당 현종과 함께 살던 곳이라 한다.

장안성 3대 궁전 중의 하나인데, 지금은 공원으로 사용되고 있다.

흥경궁 공원 안으로 들어가니 꽃밭을 잘 가꾸어 놓았고, 그 너머로 광장에선 악기를 불고 춤을 추는 시민들이 보인다.

춤추고 노는 것을 보면 저절로 흥이 나고 기분이 좋다.

잠시 이들을 구경하다가 좀 더 나아가니 저 너머로 호수가 있고 저쪽 편으로 누각이 있는데, 누각 앞에는 모란을 많이도 심어 놓았다.

흥경궁 안

흥경궁은 모란이 유명하다.

당대의 시인 이백(李白)이 양귀비를 모란에 견주어서 그랬는지 모르겠으나, 현종과 양귀비가 모란을 좋아해서 이곳에 모란 밭을 조성해 놓았다고 한다.

곧, 현종과 양귀비가 모란을 심어 놓고 숨바꼭질하며 즐긴 곳이 이곳 흥경궁이라 한다.

모란 밭의 모란은 피어 있지 않고 지저분하게 다 져 버린 상태이다.

"꽃도 지면 지저분해진다."는 사실을 일깨워 주는 듯하다.

이런 건 일깨워 주지 않아도 되는데…….

우리나라 같으면 지금쯤 모란이 한창일 텐데, 이곳은 우리나라보다 위

흥경궁 모란 밭

26. 양귀비는 내 타입이 아닝게벼!

도가 높지만, 내륙이 라서 그런지 여름은 더 빨리 오는 듯싶다.

누각 앞에는 양귀비가 배를 내밀고 서 있다.

흥경궁: 양귀비

처음 꽃양귀비를 보았을 때, 꽃잎이 바람에 하늘거리는 것을 보고 양귀비도 정말 야들야들 하늘하늘 그러려니 생각했었는데, 여기에 서 있는 양귀비는 통통하고 풍만한 육체미가 있어 꽃양귀비에서 본 느낌과는 사뭇 다르다.

실제로 양귀비는 키가 155cm에 몸무게가 65kg이었다니, 꽃 양귀비와는 전혀 느낌이 다를 수밖에 없다.

양귀비가 등장하기 전 현종의 총애를 받던 후궁인 매비가 양귀비를 일컬어 비비(肥婢, 살찐 종년)라고 욕했다는 일화도 있는 만큼, 양귀비는 날씬한 미인형이 아니라 육체파였던 것으로 보인다.

어찌되었든 아무래도 내 타입은 아닌 듯하다.

이곳저곳을 둘러봐도 별 특별한 것은 없다. 그저 숲과 꽃 밭, 그리고 호수와 보트 타는 시민들, 그리고 따가운 햇볕, 그 뿐이다.

약속된 시간에 맞추어 나와 보니 길 건너편에 교통대학이 있다.

27. 먹는 데도 머리를 써야 한다.

2017.4.27 목

4시에 버스는 회족 거리로 이동한다.

회족거리는 중국에 사는 소수민족인 회족(위구르 인)들이 장사하는 곳인데, 약 800m에 걸쳐 난전이 펼쳐져 있는 곳이다.

이들은 대부분 무슬림이어서 돼지고기를 먹지 않기 때문에 시장엔 돼지고기 파는 데가 없다.

돼지 대신 양고기를 많이 파는데, 양고기 살을 발라 뼈만 걸어 놓고, 그 살로 꼬치를 만들어 파는 데도 있고, 이곳의 특산물인 호두, 건포도,

회족 거리: 양 갈비

회족 거리: 오징어와 게 튀김

과일 따위를 파는 데도 있고, 빨간 고추를 주렁주렁 꽂아 놓고 파는 데도 있다.

호두도 크기별로 파는데, 제일 비싼 것은, 마치 이곳 특산물임을 증명하듯이, 호두 한 알이 애기 주먹보다도 크다.

또한 특이한 것은 게를 껍질 채 튀겨 놓은 것도 있고, 오징어를 통째로 튀겨 놓은 것도 있다.

800m쯤 걸어가니 커다란 누각이 나오는데, 이것이 종루의 자매격인 고루(鼓樓)이다.

고루는 종루와 마찬가지로 장안성에서 성문을 닫고 열고, 시각을 알려주는 시계 역할을 한 곳이다.

밤에 오면 야경이 근사하다는데, 지금 보니 뭐, 별로 그렇다.

이제 저녁을 먹으러 간다.

음식점은 점심 먹은 곳, 덕발장(德發長)이다.

저녁은 특식으로 이 음식점에서 유명한 만두라고 한다. 만두 만들어 팔기 100년이 넘은 전통 만두집이라니 기대할 만하다.

조그마한 만두 16가지인가를 차례대로 음미하며 먹어야 하는데, 이런 것을 교자연(餃子宴)이라 한다.

만두는 만두피의 색깔도 가지가지이고 모양도 가지가지이고, 그 안의 내용도 가지가지이다.

곧, 흰색, 누런색, 까만색, 붉은색 등의 만두피가 마치 금붕어, 나비,

고루(鼓樓)

새우, 구름, 나뭇잎 등의 모양으로 빚어지고, 그 안은 새우, 채소, 각종 고기 등으로 채워지는데, 각 만두마다 전설이 있고, 사연이 있다고 한다.

어찌되었든 조그마한 만두가 사람 수 대로 나온다.

만약 어느 것이 맛있다고 하나 더 먹으면, 다른 사람 하나가 못 먹게 된다.

그러니 조심조심해야 한다.

내가 먹은 것이 어떤 종류의 만두인지를 잘 기억해야 한다.

기억력이 나쁜 사람은 아예 손을 대지 말고 있어야 예의에 어긋나지 않는다. 아니면 따로 혼자 앉아 주문하든가!

여하튼 여럿이 먹을 때에는 먹는 데도 머리를 써야 한다. 긴장을 풀지 말고.

그래서 그런지 만두 맛은 잘 모르겠다. 솔직히.

정말 맛있다고 느낀 만두가 16가지 중 하나도 없다. 그렇지만 유명하단다.

그래도 그렇게 16개를 먹어 놓으니 배는 부르다.

사실 우리나라 중국집에서 시킨 군만두나 물만두가 훨씬 맛있다. 적어도 내 경우에는!

28. 양귀비가 일본으로 갔다고?

2017.4.28 금

아침 9시 50분 출발하여 화청궁으로 간다.

화청궁은 화청지라는 못을 중심으로 당나라 현종 때 누각을 지어 그때부터 화청궁이라는 이름을 얻은 곳이다.

화청지는 옛날부터 풍경이 수려하고, 질 좋은 온천수가 나오는 곳으로서 서주(西周) 시대에는 유왕(幽王)이 이곳에 여궁(驪宮)을 지었고, 진시황과 한 무제도 이곳에 행궁을 지었다.

약 한 시간 정도 걸려 화청궁으로 버스가 가는 동안 가이드 씨는 양귀비 이야기에 열을 올린다.

양귀비의 이름은 양옥환(楊玉環)이었고, 어렸을 때 아버지가 궁중 악사였었는데, 양옥환이 인물도 반지르르하고, 몸매도 이쁘고, 더욱이 총명하고, 또 노래도 잘하고, 춤도 잘 추고, 한마디로 팔방미인이었으며, 18살에 국립국악단장을 했다나 뭐라나…….

그리고 낭중지추라, 이런 요염한 것을 사내들이 그냥 놓아둘 리 없으니. 양귀비의 파란만장한 역사가 전개되는 것이다.

양옥환은 현종의 18번째 아들인 수왕(壽王)의 눈에 들어 수왕과 혼인하여 수왕과 동거하게 되는데, 어느 날 현종이 옥환을 보고 홀딱 반하여, 아들인 수왕을 불러 "애비에게 효도하라!"고 명하였다고.

이때 옥환의 나이는 22세, 현종의 나이는 57세!

무려 35살의 나이를 극복하고, 며느리를 빼앗은 현종은 결국 '영웅'이라 불리었고, 그래서 영웅호색이라는 말이 나왔다나 뭐라나.

화청궁 앞: 폼잡는 양귀비 상

졸지에 마누라를 아버지에게 빼앗긴 수왕은 잘못하다간 절대권력 앞에서 목숨을 부지하기가 어려운지라 찍소리 못하고 처박혀 눈물만 질질 짜고 있었고…….

여하튼 옥환은 나이 27살에 현종에게 알랑거려 귀비(貴妃)가 되었고. 옥환의 사촌오빠인 양소는 현종으로부터 국충(國忠)이라는 이름을 하사받고 승상이 되어 국정을 농단하는데…….

한편, 현종은 양귀비에게 눈이 멀어 양귀비의 세 언니에게는 국부인(國夫人)이라는 호칭을 내려 주었다는데, 그 가운데 셋째 언니인 괵국부인 양옥쟁을 보고 또다시 침을 흘려 양귀비의 질투를 유발하였다고 한다.

환갑도 넘은 나이에 예쁜 여자만 보면 환장하는 당 현종은 영웅은 영웅이되 색골영웅이라 해도 할 말이 없을 것이다.

어찌되었든 그건 그렇고.

28. 양귀비가 일본으로 갔다고?

안록산이라는 장군이 양귀비를 보고 홀딱 반했으나, 감히 황제의 것을 어찌할 수 없으니, 꾀를 내어 현종에게 아들이 되기를 청하여 윤허를 받았다고 한다.

그리고는 지보다 나이도 훨씬 어린 양귀비를 만나 “어마마마, 어마마마” 하면서 졸졸 따라다니며 양귀비와 데이트를 했다고 한다.

양귀비 역시 요 안록산이 사내답게 생긴 게 너무 멋있어 보이고, 또 큰 몸집에 알랑거리는 게 너무 귀엽게 보여서, 모르는 척 “아들아, 어깨를 주물러라” 어쩌라 하면서 스킨십을 즐겼다는 말이 있다.

그러다가 결국 안록산이 난을 일으켜 쳐들어오니, 결국 당 현종은 장안을 버리고 촉으로 도망가게 되었는데, 현종의 군사들이 이렇게 된 원인이 양국충의 국정 농단에 있다면서 양국충을 처형시켰고, 양귀비를 죽이라고 요구하자 당 현종은 눈물을 머금고 자살을 명했으며 그래서 양귀비

화청궁 앞: 춤추는 양귀비

는 목매달아 죽었다.

양귀비의 파란만장한 일생은 그렇게 끝났다고 한다.

여기에서 나라를 기울게 만들만큼 이쁜 여자라는 뜻의 경국지색(傾國之色)이라는 사자성어가 나와 입시에 혈안이 된 고등학생들을 지금까지 괴롭히고 있다.

참고로 사자성어와 관련하여 양귀비를 총애했던 현종은 총명한 양귀비를 '말을 알아듣는 꽃'이라는 뜻의 '해어화(解語花)라고 불렀다 한다.

한편 이와는 달리, 양귀비가 자결할 때, 옆에 있던 병사들이 그 미모가 아까워 궁녀 하나를 잡아 양귀비 옷을 입히고 머리에 모자를 씌운 뒤 목을 매달았다는 전설이 있다.

그럼 양귀비는 어찌 되었냐고?

양귀비는 일본으로 피신하여 일본 야마구치 현에서 살다가 죽었다 한다. 그래서 현재 일본 야마구치 현에 양귀비의 묘와 사당이 있다 한다.

이와 관련하여 2002년 일본 가수 야마구치 모모에[山口百惠 산구백혜]는 집안에 전해 오는 양(楊)씨 족보를 제시하며 자신이 양귀비의 후손이라고 밝혀 한때 일본이 떠들썩했다 한다.

무엇이 정말일까?

사람의 상상력은 한이 없다. 그래서 재미있기는 하다.

화청궁에 도착하니 입구 맞은편에 춤추는 양귀비와 장구 치는 현종의 모습이 현란하게 조각된 청동상이 세워져 있다.

화청궁으로 들어서니, 숲이 무성한 뒷산으로는 케이블카가 올라가고 있고, 앞으로는 커다란 못이 있고 그 뒤로는 누각이 여기저기 늘어서 있다.

28. 양귀비가 일본으로 갔다고?

29. 양귀비가 목욕을 자주 한 이유

2017.4.28 금

일단 왼쪽으로 돌아가면, 전시관이 있는데, 얼른 들어가 보니, 양귀비를 주제로 한 연극이나 영화의 주연 배우들이 양귀비로 분하여 우리를 맞이한다.

그렇지만 이것은 본론이 아니다.

본론은 양귀비가 어디에서 목욕했는가를 찾아보는 일이다.

이곳은 온천지대인지라, 욕탕이 많이 남아 있다.

물론 양귀비가 쓰던 목욕탕도 있다.

그러니 오늘은 주로 목욕탕 구경이다.

양귀비는 몸에서 냄새가 나서 목욕을 자주했다는 설이 있다.

흔히 중국 사람들은 잘 안 씻는 것으로 유명하다. 조금 과장해서 말하자면, 평생 3번 목욕하면 많이 한다는 말도 있지만, 씻으면 복이 달아난다고 믿는 까닭에 목욕을 자주 안 하는 것이 이들의 풍습이다.

그럼에도 불구하고 양귀비는 목욕을 자주 했다는데, 이와 관련하여 양귀비에게 안 좋은 내용의 이야기가 야사에 전한다.

곧, 양귀비는 암내(겨드랑이 냄새)가 심하여 곁의 시종이 솜으로 코를 막고 다닐 정도였으며, 이 때문에 양귀비는 항상 향이 나는 주머니를 옆구리에 끼고 다녔다 한다.

한편, 당 현종은 고질적인 축농증이 있어 양귀비의 암내를 전혀 몰랐다고!

그래서 그랬는지, 여하튼 양귀비는 목욕을 좋아했고, 현종과 이곳에서

양귀비 전용 목욕탕 해당탕

목욕을 하며 놀았다고 한다.

이곳 온천수는 섭씨 43도로서 너무 뜨겁지 않아 목욕하기에 딱 좋은 온도이다. 또한 풍부한 광물질과 미량의 원소가 함유되어 있어 신경통과 관절염에 효과가 있다고 한다.

사람들이 바글바글하여 밀려들어간 곳이 해당탕(海棠湯)이다.

여긴 양귀비 전용 목욕탕이다.

해당탕은 해당화 무늬의 탕인데, 계단이 양쪽에 있다.

계단이 양쪽에 있는 이유는 이쪽으로 들어가서 목욕하고 저쪽으로 나오기 위해 있는 것이 아니라, 두 사람만 들어갈 수 있기 때문이라는데…….

당 현종 전용 목욕탕 연화탕

아마도 현종이 양귀비와 함께 가끔 이용했을 것이다.

그곳을 돌아 나오면 연화탕(蓮華湯)이 나온다.

연화탕은 현종의 전용 목욕탕인데, 해

성진탕(星辰湯)

당탕보다는 그 규모가 크다.

이 목욕탕에서 현종은 목욕하면서 양귀비가 해당탕에서 목욕하고 나오는 모습을 즐겨 보았다고 한다.

연화탕 옆에는 담쟁이로 뒤덮인 정자가 하나 있는데, 여기에서 양귀비가 머리를 말렸다고 한다.

그 옆으로 가면, 꽤 규모가 큰 성진탕(星辰湯)이 있다.

이곳은 당 태종이 산과 강을 모방하여 지어 놓은 탕으로서 탕 안의 벽이 오목 볼록으로 되어 있는 이유는 물이 들어올 때 파도치는 형상을 보여주기 위한 것이라고 한다.

밖으로 나오니 태자탕(太子湯)이 있는데, 이 탕은 길이가 5.2m, 너비가 2.77m이고, 깊이는 1.2m인데, 이 승건, 치, 충, 홍, 현, 단, 중, 준, 융기, 영 등 열 명의 태자가 이곳에서 목욕을 했다고 한다.

태자탕(太子湯)

이 이외에도 상

목욕하고 나오는 양귀비

식탕(尙食湯) 등 여러 탕이 있는데, 현재 물은 없다.

이 탕, 저 탕 구경하고 밖으로 나오니 하얀 색깔의 양귀비 상이 세워져 있다.

약간 서구형의 동상인데 역시 통통하다. 목욕을 하고 나오는 모습을 표현한 것이라 한다.

욕탕 뒷산은 그 이름이 여산(驪山)이고, 탕 앞의 정원은 이름이 부용원(芙蓉園)이다.

목욕탕 이외에도 화청지 주변에는 우왕전(禹王殿) 등 여러 채의 건물들이 있다.

이 가운데, 화청궁으로 들어서서 부용원 맞은편에 보이는 궁전이 장생전(長生殿)인데, 당 현종과 양귀비가 결혼식을 올렸다는 곳이다.

이 장생전 옆에는 현종과 양귀비가 거처하던 집 비상전과 의춘전 두 채가 있는데, 온천물이 휘돌아 나가게 하여 난방을 했다고 한다.

29. 양귀비가 목욕을 자주 한 이유

장생전

화청궁 성벽

한편 이곳은 현대사와도 인연이 있는 곳으로서 장개석 총통이 일본과의 싸움보다는 공산당부터 몰아내야 된다 생각하여 제 2차 국공합작을 반대하는 기미를 보이자 부사령관인 장학량이 이곳에서 장개석을 체포하여 구금하고 제 2차 국공합작을 성사시켰다 한다.

화청지에서 나와 흙으로 된 옛 성벽을 따라 음식점으로 간다. 이제 점심 먹을 시간인 것이다.

채선당(菜鮮堂)이라는 샤브샤브 집으로 들어가 식사를 한다.

네 명씩 탁자에 앉아 오른쪽 컨베이어벨트에서 계속 돌아가는 채소, 고기, 버섯 따위를 먹을 만큼 끓는 물에 데쳐 먹는 것이다.

그런대로 먹을 만하다.

30. 우린 제대로 본 것일까?

2017.4.28 목

점심을 먹은 후, 진시황의 병마용(兵馬俑) 갱(坑)으로 간다.

이 병마용 갱은 서안 시내 북동쪽으로 약 30km, 진시황릉에서 동쪽으로 1.5km 떨어진 곳에 있다.

병마용이란 흙을 가지고 병사와 말을 빚어 실제 크기로 구워낸 것을 말한다. 일종의 도기로 만든 실물 크기의 인형들이라 생각하면 된다.

진시황의 무덤을 지키기 위해 만든 것으로 알려졌는데, 1974년 한 농부가 우물을 파다가 우연히 발견했고, 아직도 발굴이 진행 중이다.

발굴된 4개의 갱도 중 3곳에 모두 8천여 점의 병사와 130개의 전차, 520점의 말, 4만 여점의 청동으로 만든 병장기가 있을 것으로 추정될 정

병마용 갱

도로 그 규모가 엄청 크며, 이 모든 것이 실물 크기로 정교하게 빚어 실물과 견주어도 손색이 없다.

현재 전시된 병마용 갱은 3개가 있는데, 1호 갱 건물 앞에 '진시황병마용 박물관'이라는 팻말이 붙어 있다.

갱 위에 세운 이 건물은 체육관처럼 생겼는데, 실제로 들어가 보니 입이 딱 벌어진다.

1호 갱은 동서 길이 230m, 남북 길이 62m의 장방형 구조물로 11개의 갱도가 있으며 총 면적은 14,260m^{2}이다.

갱도의 깊이는 5m이고, 바닥에 검은 벽돌을 깔았다.

갱도마다 3m 높이의 격리 토담을 쌓고, 가장자리에 일정한 간격으로 나무 기둥을 세웠다.

이들 기둥 위에는 원래 천정이 있었기에 일종의 군 막사 비슷한 형태를 띠고 있었으나, 발굴을 위해 이 윗부분은 제거되었다고 한다.

이 천정 부분을 제거함으로써 갱의 발굴은 쉬워졌으나, 병마용의 색깔이 바래어 없어지게 되었다 한다. 곧, 원래는 병마용에 청, 홍, 황, 녹, 갈색과 흑, 백의 색깔이 칠해져 있었다는데 발굴된 것들은 대부분 탈색되었다고 한다.

현재까지는 3호 갱을 발굴해 놓고 있는데, 4, 5호 갱은 고고학적 발굴 기술이 더 발달한 다음 발굴하려고 미루고 있다 한다.

1호 갱 건물 사방 벽 쪽으로 전망대를 만들어 놓았는데, 사람들이 그야말로 인산인해다.

진열해 놓은 갱 속의 병사들이 줄을 맞추어 서 있다.

일부는 목이 없는 것도 있고, 일부는 가슴에 이름표를 달고 있다.

병마용 갱: 이름표 단 군인들

병마용 갱: 목 없는 병사들

병마용 갱: 말들

이 이름표는 원래 달고 있던 것이 아니고, 발굴하면서 달아 놓은 것이니 오해하지 마시라!

이들 가운데, 상투를 오른쪽으로 튼 병용(兵俑)들은 졸병들이고, 한 가운데 틀고 햇빛 가리개 같은 모자를 쓴 병용들은 장교들이라 한다.

1호 갱을 보고 밖으로 나와 3호 갱으로 간다.

왜 2호 갱은 안 보고 3호 갱으로 가냐고?

2호 갱은 저쪽에 있고, 3호 갱이 더 가까우니까 그렇지!

"그렇다면, 3호

갱을 2호 갱이라고 하고, 2호 갱을 3호 갱이라고 하면 되지 않느냐?"는 바보 같은 질문을 하는 사람도 더러 있다.

병마용 갱: 말과 마부들

물론 영리한 한국 사람은 아니고, 중국 사람들 중에 말이다.

이 사람들에게는 친절하게 "그거야 발굴 순서대로 1호 갱, 2호 갱, 3호 갱으로 이름을 붙였으니까 그런 거다."라고 친절히 일러줄 필요가 있다.

병마용

비싼 돈 내고 들어 왔으니 이런 걸 모르면 가르쳐 줘야 하는 법이다.

병마용: 마차

3호 갱은 1976

마부 병마용 택견하는 병마용

년에 면적이 520m^{2}도 안 되는 작은 갱이다.

이 갱은 문(凹)자형 구조로 되어 있고 네 마리의 말이 앞을 보고 서 있고 뒤에는 마부 격인 병사들이 넷이 서 있다.

네 마리의 말이 끄는 마차는 원래 나무로 만들었기에 지금은 썩어서 없어진 모양이다.

비록 규모는 작지만, 이를 볼 때, 이 갱은 사령부에 해당하는 갱이다. 허긴 사령부가 커서는 안 될 일이다.

따라서 이 갱에 근무하는 병사들도 전투병이 아니라, 호위병들이다. 그런데 대부분 호위병들은 목이 떨어져 나가고 없다.

다시 이곳을 나와 2호 갱으로 들어가 보면, 1호 갱의 절반만 한데, 아직 제대로 발굴되지 않은 상태로서 실내가 어둡다.

실내를 어둡게 한 이유는 전기를 아끼기 위해서가 아니라, 발굴 시 병마용에 채색된 것의 탈색을 조금이라도 막아 보기 위한 것이니 오해 마시라!

6,000m^2의 2호 갱이 다 발굴되면, 천여 개의 병마용이 나올 것으로 추정되는데, 1호 갱보다 그 형태나 색채가 잘 보존되어 있다고 한다.

진나라 병기와 활, 화살촉, 그리고 당시 사용하던 그릇과 식기 등이 발굴되었다.

허긴 싸울 때도 밥은 먹어야 하니까!

세 개의 갱을 다 보고 나오면, 마지막 전시관에서 갱에서 나온 용(俑 인형)들과 유물들을 전시하고 있다.

이들을 구경하고 나오니 햇볕이 따갑다.

한편, 가이드 씨의 말에 의하면, 여기에서 얼마 떨어지지 않은 곳에 가짜 병마용을 만들어 놓고 관광객들에게 바가지를 씌운 일당이 얼마 전에 붙잡혔다 한다.

이건 뉴스에도 보도된 것이라는데, 가짜 병마용을 만들어 전시해 놓고, 가짜 경찰, 가짜 택시 기사, 가짜 버스 기사, 가짜 관광가이드 등이 공모하여 관광객을 모집한 후, 관광객에게 바가지를 씌워 가짜 병마용 전람관을 관람시켰다는 것이다.

병마용만 가짜가 아니고, 경찰, 관광가이드, 택시 기사, 버스 기사까지 가짜라니, 역시 중국은 대단한 짝퉁의 나라이다.

감숙성 출신 대학생 샤넨은 〈차이나 데일리〉와의 인터뷰에서 지난 주 “진짜 병마용 박물관 2배의 값을 내고 가짜 병마용 구경을 했다.”며 “기차역 주변에 '1일 투어' 버스가 있었는데, 진짜와 구분을 할 수가 없었다."고 말했다 한다.

워낙 짝퉁 기술이 고도화된 중국이니까 새삼스러울 건 없으나, 우리가 본 병마용도 혹 짝퉁 아닐까? 라는 생각이 든다.

정말로 우리는 제대로 본 것일까?

31. 약학 발전에 기여한 진시황

2017.4.28 목

전시관을 나와서 그늘 밑에 앉아 일행을 기다리는데, 갑자기 승용차 몇 대가 들어오더니 순경들이 1호 갱으로 들어가는 전시관의 줄을 해산시키고, 아무도 못 들어가게 한다.

웬일인가 했더니, 섬서성에 중앙의 어떤 높은 분이 오셔서 그 분을 위해 전시실을 통제하는 것이다.

곧, 아무도 못 들어가게 해 놓고는, 높은 분이 다 구경하고 나올 때까지 아무도 못 들어가게 막고 있는 것이다. 경호원인 듯한 사람들이 자동차 주위를 에워싸고 주변을 살피고 있다.

이것도 구경거리이다.

한국 같으면 택도 없는 짓이겠으나, 여기에서는 이것이 통한다.

역시 지위가 높아지면, 진시황의 병사들을 혼자 만나 볼 수 있는 것이다.

그렇지만 혼자 보면 무슨 재미가 있을꼬? 그렇지만 이런 걱정은 우리 같은 사람만 하는 쓸데없는 걱정이다.

병마용 전시관 밖

좀 있으니 가이드 씨가 우리에게 와서, 우리가 일찌감치 잘 들어가 잘 보고 나왔다면서 조금만 늦게 왔어도 무작정 한 삼사십 분 이상을 기다렸을 거라 한다.

이제 버스를 타고 진시황릉으로 이동한다.

진시황의 이름은 영정(嬴政), 13살에 진나라 13대 왕으로 즉위하여 기원 전 221년에 제나라를 마지막으로 멸망시킴으로써 중국 역사상 처음으로 중원을 통일하고 중앙집권적 봉건왕조를 세웠다.

진시황은 39세에 스스로 '최초의 황제'라는 뜻으로 '시황제(始皇帝)'라 칭했다.

진시황은 강력한 중앙집권을 통해 도량형을 통일하고, 법률과 문자를 표준화하고 도로와 운하를 놓고 만리장성을 쌓았다.

흔히 사람들은 만리장성을 쌓고, 아방궁을 짓고, 운하를 파고, 거대한 능을 만드는 등, 거대한 토목사업 때문에 결국 진이 멸망하게 되었다고 진시황을 비난하는 사람들이 많다.

더욱이 "병마용만 보더라도 수많은 토용들을 도자기로 만들어 구워 내어 묻었으니, 나라가 안 망하고 배기겠는가?"라고 반문하는 사람들이 많으나, 난 진시황이야말로 당대의 휴머니스트 아니었나 생각한다,

그 이유는 그 당시 순장(旬葬) 풍습에 따르면 산 사람을 그렇게 묻었을 것이나, 산 사람 대신 용(俑)을 만들어 묻었으니, 진시황이 사람 목숨을 얼마나 귀하게 여겼는가를 알 수 있는 것이다.

또한 만리장성을 쌓은 것은 북쪽의 유목민족의 침입을 막기 위한 것이고, 운하를 판 것은 문물의 유통을 위한 것이며, 아방궁이나 능을 만든 것은 황제의 권위를 세우기 위한 일종의 통치술이었고, 도량형을 통일하고 문자를 통일한 것은 당시 백성들 사이의 소통을 위한 것 아닌가!

쪼깨 정도가 과해서 나라가 망하긴 했지만, 이는 진시황의 잘못이라기

보다는 2세 황제인 호해가 미련해서 그렇게 된 것 아닐까?

어찌되었든 진시황은 스스로 황제가 된 후 얼마 안 돼서부터 이곳 여산 북쪽에 자신의 능을 건설하기 시작했다.

이 능은 흙을 깊이 파서 구리로 바닥을 깐 뒤 궁궐을 본 따 건물을 세우고 신하와 부하들 모양의 도기 인형을 만들어 넣었다.

높이가 120m, 둘레가 2,167m였다는데, 2천여 년 동안 비바람에 견뎌 오면서 높이는 76m로 줄어들고, 둘레는 2,000m 정도로서 350m²로 된 흙으로 조성되었다.

그렇지만 밑에서 볼 때에는 그냥 야산으로 보인다.

〈사기〉에 따르면, 이 능은 진귀한 보물로 가득 차 있으나, 도굴을 방지하기 위해 수많은 수은이 흐르는 5,000여 개의 강을 만들고, 활을 설치하여 도굴꾼들의 도굴을 막을 수 있게 해 놓았다 한다.

진시황릉

능 건설 당시 인부들은 총 인원 70만 명이 동원되었다는데, 능이 조성 된 후 모두 죽였다 한다.

그러나 진시황은 능이 완성되기 전에 49세의 나이로 죽었다.

죽은 이유는 불사약을 구하다가 수은을 불사약으로 알고 먹은 까닭에 수은중독으로 죽었다 한다.

헛된 꿈이 결국 자신의 생명을 단축시킨 셈이다.

한편 진시황이 불사약을 구하는 바람에 그 부작용(?)으로 많은 건강 약초를 찾아내어 당시의 한약이 크게 발전했다는 설이 있다.

진시황은 당대의 약학 발전에도 지대한 공헌을 한 셈이다.

죽은 진시황이 이곳에 들어간 후, 진 2세 황제인 호해가 능을 완성시켰다 한다.

진시황릉은 1987년 〈세계문화유산명록〉에 수록되었다.

진시황릉으을 한 바퀴 돌아보려고 한 4-500m 걸으니, 전동차가 있다.

영어가 잘 통하지 않는다. 손짓 발짓, 온몸을 다 동원하여 물어보니 30분 걸린다는 것이다.

가격은 창구에 쓰여 있는 대로 일인당 15위안(약 25,00원)인데, 몇 번을 물어봐도 30분 걸린다 한다.

가이드 씨가 좀 시간을 넉넉히 주었으면 전동차를 타고 한 바퀴 돌아보는 것도 좋으련만, 모이는 시간이 20여 분 남짓 남았으니, 전동차 타는 것은 당연히 포기하여야 한다.

진시황릉에 가까이 가보고자 숲 속으로 난 길을 최대한 빨리 걷는다.

돌아오는 시간까지 생각해야 하니까 10분 정도 걸어 들어간다. 숲에 가려 능이 보이지 않는다.

진시황릉 비

여하튼 가다 보니 진시황릉 배장갱(陪葬坑)이라는 표지석이 나온다.

아까 본 병마용을 생각할 때, 동쪽에만 6,000명(현재까지 발굴된 것만)의 병용이 나왔으니, 서쪽, 남쪽, 북쪽에도 이런 병마용 갱이 있을 거 아닌가 라는 생각이 든다.

가이드 씨 말로는 서, 남, 북쪽도 모두 조사를 해봤는데, 갱(坑)이 있으나 용(俑)은 몇 개 없다고 한다.

진시황의 무덤은 내시경으로 들여다보았더니, 지하 75m 지점에 있다고 한다.

그러나 앞에서 말한 바와 같이 수은 등을 이용한 여러 가지 함정 장치와 도굴 시 저절로 쏘아지게 만든 쇠뇌 등 때문에 아직 발굴하지 않고 있다 한다.

아마 능 북쪽 가운데 지점 같은데, 진시황제능이라는 비석이 서 있다.

32. 배려도 지나치면 병이 된다.

2017.4.28 금

별 볼일 없는 진시황릉에서 부지런히 걸어 나와 버스를 탄다.

그리곤 이태원으로 가 저녁을 먹는다.

물론 서울의 이태원이 아니고, 진시황릉 부근의 이태원이라는 한식당이다.

메뉴는 중국에 오면 늘 빠지지 않는 삼겹살이다. 삼겹살에 서봉주(瑞鳳酒)라는 중국의 명주(名酒)를 한 잔씩 곁들인다.

이 삼겹살 돼지고기는 맛이 있다. 서봉주도 맛이 있고!

그 다음 다시 화청지로 향한다.

피할 수 없는 옵션인 장한가 가무쇼를 보아야 하는 까닭이다.

장한가는 당대의 시인 백거이가 양귀비와 현종의 비극적 사랑을 노래한, 아니 내가 볼 때에는 불륜을 노래한, 장편의 서사시이다.

장한가는 세 부분으로 이루어져 있다.

첫 부분은 양귀비가 현종의 총애를 받고, 안록산의 난이 일어나 양귀비가 죽는 장면, 둘째 부분은 양귀비를 잃고 난 후의 현종의 쓸쓸한 생활, 셋째 부분은 죽어서 선녀가 된 양귀비와 만나는 장면으로 되어 있다.

물론 둘째, 셋째 부분은 백거이가 시인의 상상력으로 지어낸 것이다.

당 현종이 죽은 지 50년이 지나 백거이 나이 35살에 당 현종이 부러워 그랬는지 대체적으로 불륜을 너무 미화시킨 노래이다.

이 내용을 화청지에서 가무쇼로 공연하는 것이다.

이 연극은 당 현종이 양귀비를 꼬시는 것부터 시작하여, 안사의 난,

양귀비의 죽음, 선경에서의 만남 등 4개 부분으로 나뉘는데, 장예모 감독이 300여 명의 전업 배우들을 동원하여 공연하는 쇼이다.

화청지에 도착하여 가이드 씨가 주의를 준다.

장한가 공연이 끝나기 직전에, 자막이 나오기 시작하면 바로 나와서 요 자리에 모이라고 한다. 만약 다 끝 난 다음에 나오면 고속도로에 차가 밀려 한밤중에나 호텔에 가게 될 거라고 은근히 협박을 곁들인다.

가이드 씨의 말이 끝나고 건물을 돌아 무대 앞 쪽 관람석으로 간다.

가면서 뒤돌아보니 한옥 건물에 등불은 참 아름답고 조화롭다. 그리고 처마 저쪽으로는 초승달이 걸려 있다.

무대 앞에는 좌석이 마련되어 있다.

우리 좌석은 관람석 한 가운데이다.

장한가 가무쇼

장한가 가무쇼: 무대 오른편

지정된 좌석에 앉으니, 날은 이미 컴컴해졌고, 조금 있으니, 여산 쪽에서부터 녹색 장막이 관중석 쪽으로 물밀 듯 밀려온다. 물론 조명의 힘이다.

그리고 왼쪽 저편에서부터 아취형의 다리가 나타나고, 그 위에 양귀비가 흰 옷을 입고 앉아 있다가 장면이 바뀌면서 일어서고, 누각과 누각 앞에 화려한 옷을 입은 배우들이 나타난다.

극이 시작된 것이다.

이후 이 극은 장한가의 내용을 따라 가는 것이니, 이를 일일이 설명하자면 끝이 없을 것이다. 완전하지도 않고!

그래서 옛 성현들이 백문(百聞)이 불여일견(不如一見)이라 한 것이니, 와서 직접 보시라!

32. 배려도 지나치면 병이 된다.

장한가 가무쇼: 현종과 양귀비의 만남

장한가 가무쇼: 안록산의 난

장한가 가무쇼: 양귀비

붓끝이 짧아 여기에는 그저 몇 가지 장면들을 사진으로 올려놓을 뿐이다.

호수를 무대로 삼고 여산을 배경으로 삼아 이렇게 호쾌한 쇼를 한다는 것은 그 상상력이 놀랍다.

우리가 중국 사람들에게 배울 점이 있다면, 저들의 스케일보다도 무한한 상상력이다.

못 위에 어찌 저런 무대장치를 하고, 다양하고도 화려한 조명 속에서 계속 장면을 바꾸어 가며 대서사시의 스토리를 풀어 나가는 솜씨는 감탄할 만하다.

다만 끝 부문은 견우와 직녀가 칠석 때 만나는 것을 패러디해 놓은 듯하다.

32. 배려도 지나치면 병이 된다.

어찌되었든, 상상을 현실로 바꾸어 놓는 재주! 이런 건 배워야 한다고 본다.

특히 4차 산업의 사회에서 사람이 할 수 있는 일이란 이런 걸 즐기는 일 아닐까?

결론적으로, 일종의 대형 무용극인 장한가 가무쇼는 볼만 하다.

이제 자막이 나오기 직전, 어찌 알았는지 사람들이 빠져 나간다. 가이드의 말이 위력을 발휘한 것이다.

나도 주춤 일어섰는데, 저 앞쪽에서 장내 정리를 맡은 여자 분이 쏜살같이 달려온다.

내 앞에서 주내는 언제 나갔는지 날쌔게 빠져 나가고, 내 옆에 앉은 분은 이 여자에게 붙잡혀 도로 앉혀지는 신세가 되어 버렸고, 나는 졸지

장한가 가무쇼: 천상의 재현

장한가 가무쇼: 당 현종 등장

장한가 가무쇼: 천국에서 당 현종과 양귀비의 만남

32. 배려도 지나치면 병이 된다.

에 이산가족 신세가 되어 버렸다.

슬슬 눈치를 살피다가 자막이 나오는 순간 일어서려는데, 정말 번개같이 이 여자가 다가와 못 나가게 하는 것이다.

이 여자, 무서울 정도로 서슬이 퍼렇다.

허긴 이건 예의가 아니다. 연극이 끝나기도 전에 박수도 안 치고 슬쩍 나간다는 것은!

내 옆에 계신 분들도 일어났다가 다시 붙잡혀 앉혀진다.

입에선 피식 웃음이 나온다. 어쩔 수 없다.

연극이 다 끝난 다음 사람들 틈 사이로, 그래도 재빨리 가이드 씨가 있는 곳으로 간다.

주내는 사정도 모르고 나보고 왜 빨리 안 나왔느냐고 핀잔이다. 장내 정리하던 여자에게 맞아 죽을 뻔한 것도 모르고!

다른 사람들은 벌써 다 갔다며, 나 때문에 다른 사람들에게 폐를 끼치는 거라고 생각하는 눈치이다.

가이드는 다른 사람들은 대부분 버스 있는 데로 갔다며, 우리보고 먼저 나가란다. 자기는 아직 안 나온 분들을 기다렸다 같이 가겠다며!

그러자 주내는 나를 몰아세우면서 밖으로 나온다.

나도 얼결에 따라 나왔는데, 주내는 어디로 가야 하는지를 모른다. 내가 알고 있는 줄 알았던 모양이다.

나는 단지 연극이 끝나고 모이라는 장소만 기억했을 뿐인데……. 어디로 가야할지 막막하다.

뚜렷이 목적지를 알지도 못하고, 행동만 빠른 결과다.

이런 땐 되돌아가 가이드를 만나야 하는데, 나오는 사람들 때문에 되돌아갈 수도 없다.

그렇다면 그 자리에 그대로 붙박여 있어야 하는 건데…….

아까 저 밑에 버스가 대기하고 있을 것이라는 이야기를 들은 것 같기도 하고, 아닌 것 같기도 하고…….

버스를 찾아 양귀비 동상 뒤 저 아래 큰 길로 나가 본다.

길 건너편에 버스가 서 있긴 한데, 아무래도 건너편에 세워 두었을 리는 없을 테니 저건 아닐 것이다.

결국 왔다 갔다 어찌할 줄 모른다.

호텔이야 이름을 알고 있으니 찾아가면 되겠지만 가이드와 일행들이 기다릴 터인데,.

아니 우리가 택시를 타고 가는 것도 사실은 문제다. 여기가 어딘데, 택시를 타면 서안에 있는 호텔까지 아무래도 두 시간 넘어 걸릴 테니 그 금액만 해도 아찔할 거다,

이리저리 왔다 갔다 완전히 길 잃은 어린 양들이 되어 버렸다.

부지런히 왔다 갔다 그러면서 서로가 서로를 원망한다.

"당신이 늦게 나왔으니 그렇지……."

"어디로 가야할지도 모르면서 무조건 나가자고 하면 어쩌누?"

"당신이 알 줄 알았지."

왔다 갔다 그러다가 안 되겠어 계단으로 다시 올라간다.

올라가서 방향도 모른 채 무작정 걷는다.

그러자, 저쪽 편에 버스들이 보인다. 버스 앞에서 우리 일행 중 한 분이 어서 오라 한다.

일행들 말씀에 의하면 가이드 씨는 우리를 찾는다고 화청궁 입구까지

몇 번을 왔다 갔다 했다는데, 지금 또 우릴 찾으러 또 갔단다.

버스 기사가 전화를 해 가이드 씨를 불러들인다.

결국 다른 사람들, 다른 버스들 다 가고 우리 차가 뒤에서 두 번째로 떠난다.

일찍 가려고 했다가 더 늦은 꼴이다.

어찌되었든, 다른 분들 시간을 빼앗은 셈이 되었으니 미안하기 그지없다.

다른 분들을 배려한다는 게 결국 요 모양 요 꼴이 되었다.

* 추기

나중에 생각해보니, 연극이 끝난 다음에 나오는 것이 옳다.

조금 일찍 가려고 극이 끝나기도 전에 자리를 우르르 이탈하는 것은 국격(國格)에 관계되는 일이기 때문이다.

잘못하면, 괜히 중국 사람들에게 한국 사람들 매너 없다는 말만 듣게 되기 십상이다.

이런 점 미리 가이드에게 이야기하지 못한 것이 불찰이다.

반성한다.

33. 나이가 더 들더라도 좀 더 정신 차리자.

2017.4.29 토

아침 9시 출발이다. 오늘은 체크아웃을 하고 나온다.

차에 앉아 있으려니 가이드 씨가 우리 방 번호를 부른다.

우리가 뭘 잘못했나? TV 앞 책상 위에 팁까지 놓고 나왔는데……. 설마 팁을 돌려주려고 그러는 건 정말 아닐 테고.

가이드 이야기가 방에 바지를 그대로 놓아두었다면서, 버릴 거냐고 묻는다.

내가 샅샅이 다 훑어보고 나왔는데, 이상하다?

가이드 씨에게 다시 열쇠를 받아 들고 방으로 올라가 본다.

저쪽 의자에 분홍색 주내 바지가 걸쳐 있다. 의자 색깔과 비슷하여 지나친 모양이다. 물론 팁으로 놓아둔 돈은 벌써 없어진 상태다.

옷을 찾아 쏜살같이 나와 버스에 타니 9시 9분이다. 9분 늦게 출발하는 셈이 되었다.

오늘도 일행들에게 빚을 진 셈이다. 우리 때문에 9분이나 늦었으니…….

예전엔 전혀 이런 일이 없었는데, 어제도 그렇고, 나이가 먹어서 그런가?

여하튼 나이 탓 하지 말고 정신 좀 차려야겠다. 이것을 교훈으로 삼아 앞으로는 절대 이런 일이 없도록 정신을 차리자.

이번 여행은 "나이가 더 들더라도 좀 더 정신 차리자."라는 교훈을 덤으로 얻은 여행이 되었다. 에이~.

33. 나이가 들더라도 좀 더 정신 차리자.

고속도로는 정말 말도 못할 정도로 엄청 붐빈다. 아니 막힌다.

오늘이 토요일이라서 그렇다 한다. 1,100만 인구의 서안 사람들이 토요일이라 놀러 나가는 듯하다.

토, 일요일은 고속도로가 무료란다. 그러니 소득이 좀 있는 사람들은 다 자가용을 끌고 놀러 나오는 것이다.

어찌되었든 10시 채 못 되어 게르마늄 팔찌며, 목걸이 등을 파는 곳을 들린다.

여기에서는 손가락을 현미경 비슷한 데에 올려놓으면 공짜로 모세혈관을 보여준다. 그리고 게르마늄 팔찌를 채워 준 후 다시 보여준다.

모세혈관이 이렇게 8자 모양으로 엉켜 있으니, 이러면 뇌출혈이나 심장 질환의 위험성이 높은데, 게르마늄 팔찌를 차고 있으면 요 모양이 이렇게 변하여 건강에 정말 도움이 된다며 팔찌를 구입할 것을 권한다.

화산 풍경구 표 사는 곳

그런데 그 가격이 만만치 않다.

공짜라서 한 번 테스트 해봤는데, 속으로는 요새 몇 달 동안 운동도 열심히 하고 그랬으니까 건강한 모세혈관을 기대했는데, 아니함만 못한 것이다.

찜찜한 기분으로 나와 이제 라텍스 가게로 들어간다.

설명하는 분의 이야기를 들으면, 과학이 어찌나 빨리 발전하는지 몇 해 전에 구입한 라텍스 제품도 이제는 고물이 된다.

여하튼 일행 중에 여러 분들이 라텍스 이불이며, 베개며를 구입한다.

다행이다.

나는 돈이 없어 못하지만, 몇 분들이 대량의 라텍스 상품을 구입해주니 가이드 씨에게 덜 미안한 것이다.

11시에 다시 여기를 출발하여 화산으로 향한다.

위남(渭南: 웨이난) 시를 지나니 오른쪽으로 수려한 산봉우리들이 나타나기 시작한다.

12시 40분에 화산 근처 '화산은하주점'에서 점심을 먹는다.

점심을 먹고, 화산 풍경구로 가 셔틀버스를 타고 굽이굽이 협곡을 지나 북봉 케이블 카 있는 곳으로 간다.

화산(華山, 华山)은 중국 오악(五岳) 중 하나이다.

오악은 동악은 산동성의 태산(泰山), 서악(西岳)은 섬서성의 화산(華山), 중악은 하남성의 숭산(嵩山), 남악은 호남성의 형산(衡山), 북악은 산서성의 항산(恒山)이다.

화산은 남쪽 봉우리가 2,160m의 높이로 제일 높고 북쪽 봉우리가 1,615m로 제일 낮은데, 이 봉우리들은 모두 화강암 한 덩어리로 되어 있는 듯하다.

33. 나이가 들더라도 좀 더 정신 차리자.

화산 동봉(東峯)

이곳은 중국 무협지에 나오는 화산파의 본 고장이기도 하다.

화산파는 도가에 속하는 문파로서 구파일방 중 대표적인 정파로 알려져 있으며 주로 검을 사용한다.

굽이굽이 셔틀 버스로 가면서 보니 길은 협소한데, 양 옆은 거의 절벽 수준의 암봉들이다.

그러나 사진에 담을 수는 없다. 사진기를 창 쪽에 들이대보지만 어느새 버스가 굽이쳐 풍경이 지나가기 때문이다.

케이블카는 2시 30분에 올라탄다.

우리가 오른 곳은 북봉이다.

가이드 씨는 네 시에 케이블카를 타고 내려가야 한다고 모일 장소를 말해 준다.

케이블카에서 내려 천천히 산을 오른다.

오른쪽으로는 북쪽 봉우리 꼭대기라고 쓴 북봉정(北峯頂)이라고 쓴 돌

화산 북봉(北峯)

문을 지나 일단 북봉에 오른다.

오르는 길목에 집을 또 지어 놨다.

북봉에 오르려면 그 집 안을 통해서 올라야 한다.

오르면서 왼쪽의 산들과 뒤돌아 남쪽의 봉우리들을 감상한다.

제일 높다는 남봉은 허연 화강암 바위가 싹 쓸려 나간 듯한 느낌을 주며, 몇 개의 봉우리 너머에 우뚝 솟아 있다.

화산 북봉에는 해발 1614.7m라는 표지석이 있다.

표지석 너머로는 쇠줄에 붉은 천을 매어 놓고, 자물쇠들을 매달아 놓기도 했다.

다시 되돌아 내려오며 시간을 본다. 3시 15분까지 올라갔다 되돌아오면 4시 케이블카를 탈 수 있을 것이다.

33. 나이가 들더라도 좀 더 정신 차리자.

34. 스스로 생각해도 대견하다.

2017.4.29 토

주내는 그늘에 정자의 앉아 있겠다 하여 혼자서 남봉을 향해 오른다.

커다란 바위 밑으로 간신히 두 사람이 비켜 갈 수 있는 길을 부지런히 오르고 또 오른다.

그리고 뒤를 돌아보고 경치를 감상하고 사진을 찍는다.

이런 때 구름이 끼고 비가 오고 그러면 정말 신비스러울 텐데, 너무 햇빛이 짱짱하여 신비감은 전혀 생기지 않는다.

자연의 경치란 그 자연 자체의 경치뿐만 아니라 날씨와 궁합이 맞아야 제 멋을 발산할 수 있는 법이다.

워낙 산이 수려해서 그렇지, 여기에 안개나 구름이 끼면 정말 좋을 듯하다.

화산 남봉 오르는 길

화산의 큰 봉우리

다섯 개 이외에도 30여 개의 작은 봉우리들이 있다고 하는데, 위에서 내려다보니, 만약 도술을 익혔다면, 마치 무협지에서처럼 이 봉우리에서 저 봉우리로 훨훨 날아다닐 수 있겠다 싶다.

이곳이 워낙 도교의 성지인 만큼, 이런 상상도 무리는 아니다.

남봉으로 오르는 중간쯤에서, 아니 중간도 안 되겠지만, 뒤돌아보니 내가 오른 길이 까마득하고도 가파르다.

스스로 생각해도 대견하다!

북봉을 향해 사진기 셔터를 누른다.

화산 북봉을 내려다보며

이제 다시 내려갈 시간이다. 내려오면서 보니 내가 오르고 내려온 길뿐만 아니라 남봉 왼쪽 그러니까 동쪽 편의 깎아지른 암벽 사이로 잔도가 나 있다.

참으로 험한 산이긴 하지만, 깎아지른 바위 옆으로 저렇게 잔도를 낸 사람들도 어지간하다 싶다.

다시 케이블카 앞 모이는 장소에 가니 가이드가 케이블카를 타고 내려가 셔틀버스 타기 전 상점들 앞에서 대기하라고 명한다.

가이드 말대로 해야지 별 수 있남!

우리는 상점 앞에서 이곳저곳을 기웃거린다.

가게에 들려 낙관 찍는 옥도장을 몇 개 산다. 집에도 몇 개 있지만, 옥을 보니 욕심이 생긴 탓이다.

한편으로는 이런 거라도 몇 개 팔아 줘야 이들의 경제에 도움이 되지 않을까라는 거룩한 생각도 없진 않았다.

화산 남봉: 잔도

물론 내 취미도 한몫 했다. 옥도장에 낙관을 직접 파는 것도 재미있고, 집엔 스스로 판 낙관도 몇 개 있는데, 난 항상 그것을 보면서 스스로 흐뭇해했으니까.

그런데 누군가가 옥도 가짜가 많다고 한다. 소위 짝퉁을 만들어 낸다나!

그렇지만 상관없다. 짝퉁이면 어떤가? 그냥 낙관 만들어 인주에 찍었을 때, 잘만 나오면 되지!

35. 중국은 면세점이 더 비싸다. 왜 그럴까?

2017.4.29 토

화산에서 나오는 길엔--물론 케이블카 타러 들어가던 길도 된다—지취화산팔용사(智取华山八勇士)라는 혁명 전사들의 조각상이 있다.

이 분들이 어떤 일을 했는지는 잘 모른다. 나보고 묻지 마시라!

5시에 버스를 타고 저녁 먹으러 간다.

어제 갔던 진시왕릉 옆 이태원이다.

역시 삼겹살을 가이드 씨가 선심 쓰듯 한 잔 씩 따라 주는 서봉주와 함께 먹는다.

고기를 먹는데, 서봉주만 가지고 될 것인가? 면세점에서 가지고 온 소주를 꺼내어 음식점 주인 몰래 앞의 일행들에게 따라 주고 따라 마신다.

화산 팔용사 조각상

화산의 봉우리들

그리곤 마사지 가게에 들른다. 전신 마사지 값은 30$이다.

난 마사지가 싫다. 마사지 받으면 내 살이 연하고 고와서 그런지 아프다. 그래서 난 안 받는다. 대신 방안에 누워 휴식을 취한다.

그 다음 공항에 가기 전 가게에 들른다. 이 가게에선 참깨며, 술이며 등등을 판다.

가이드한테 서봉주(瑞鳳酒)를 한 잔 얻어 마셨으니, 한 병 사 가야 한다.

가이드가 서봉주를 입에 침이 마르도록 중국 4대 명주의 하나라고 칭찬하며 한 잔씩 따라 줄 때에는 다 속셈이 있어서 그런 거다.

그 속셈을 모르는 사람이야 어쩔 수 없지만, 그걸 아는 내가 여기에서 그냥 가면 되겠는가?

또 서봉주 술맛이 그런대로 맛이 있으니까. 오량액, 마오타이, 수정방

등과 함께 중국 4대 명주라고 하지만, 다른 술들은 독하기만 하고 내 입엔 별로인데, 서봉주는 괜찮았으니까.

서봉주를 한 병 400위엔(약 64,000원) 주고 사서 깨지지 않도록 가방 한 가운데에 옷으로 싸서 잘 모셔 둔다.

그리고 공항으로 간다.

공항에서는 할 일이 없다. 공항의 상점에서 파는 물건들 가격을 조사한다. 조사해 봐야 쓸 데도 없는 것을, 심심하니까 그렇게 하는 것이다.

이럭저럭 시간을 보낸 뒤, 12시가 넘어 공항으로 들어간다.

그런데 이 시간에도 면세점을 열어 놓았다. 신기하다.

그런데 술값을 비교해 보니 면세점이 더 비싸다. 왜 그럴까? 면세란 세금을 감면해 주었다는 건데, 왜 더 비싼가? 나도 모르겠다.

비행기에 타니 캄캄한 밤이라서 창가가 소용이 없다.

비행기에서 보는 일출

35. 중국은 면세점이 더 비싸다. 왜 그럴까?

새벽의 김해공항

그렇지만 한 두 시간 쯤 잤을까?

기내에서 주는 간단한 아침을 먹고, 창문을 살짝 열어보니 동쪽에서 해가 뜨는 모양이다. 우리나라에 거의 다 온 모양이다.

비행기 기수만 조금 더 남쪽으로 돌리면 근사한 일출 광경을 찍을 수 있을 텐데…….

그냥 비행기 날개 밑에서 떠오르는 태양을 찍는다.

나름 근사하게 나왔다.

6시 반 좀 넘어 김해에 도착한다.

해외에서 독립운동하고 온 것도 아닌데, 사랑하는 우리 조국이 왜 이리 감격스러운가!

잠을 못 자서 그런가?

〈서안 여행 끝〉

36. 황산을 가게 된 이유

2017.8.27 일

오후 3시 35분 출발. 비행기는 아시아나이고 항주 공항 도착 시간은 현지 시각 오후 4시 35분이다. 두 시간의 사차가 있으니 비행시간은 세 시간 정도 걸린 셈이다.

가격은 4박 5일에 279,000원과 가이드 팁 50$이다. 여기에 호텔 전용 숙박료 15만 원이 더 든다.

물론 단체 비자 35,000원은 별도로 또 내야 한다. 불과 두 달 전에도 단체비자를 냈는데, 이럴 줄 알았으면 개인 비자를 내두는 것이 나을 듯싶다. 앞으로도 중국 구경할 게 많이 남아 있으니까 말이다.

그런데 그게 쉽지 않다.

뭐든지 당해서 그냥 해결하는 게 편하지만, 그만큼 비용은 더 드는 셈이다.

집사람과 함께 가면 호텔 방을 혼자 쓰는 비용 15만 원은 안 내도 되는 돈인데, 주내는 내일부터 일주일간 말레이시아 쿠칭으로 선교 봉사 활동을 간다 하여 부득이 혼자 가게 된 것이다.

집사람과는 떨어져 있어 본 적이 거의 없는데……. 물론 집사람도 나와 떨어져 있어 본 적이 별로 없다.

주내는 교회에서 가는 봉사 활동을 같이 가자고 졸랐으나, 아직도 신심이 돈독하지 못한 나로서는 그것이 무척 따분할 거 같아 안 가기로 했던 것이다.

봉사 활동만 한다면 못갈 것도 없으나, 매일 모여서 기도하고 찬송하고 예배하는 과정이 나로서는 못 배길 거 같아서였다.

난 천성적으로 자유인이다. 남의 간섭을 싫어하고, 내가 하고 싶은 것을 하는 것이 좋다. 마음이 내키지 않는 일을 하는 것은 내 바라는 일이 아니다.

거기에 얼마가 드는 지 주내가 정확히 말은 안 해줬으나, 그 돈이면 다른 곳, 경치 좋은 곳 관광패키지로 두세 군데는 갔다 올 수 있으리라는 얄팍한 경제적 이유 때문에 나 하나라도 안 가고 절약하는 것이 좋을 듯한 것도 밝히지 않은 또 다른 이유이다.

그런데 집에서 일주일을 혼자서 있자니 주내가 걱정이 되는지, 혼자서만 말레이시아 가는 것이 미안한지, 그 기간 동안 다른 곳이라도 여행을

황산

황산

하라 한다.

허긴 두 달 전 가려고 벼르다가 뇌경색 전조 증상이 나타나는 바람에 취소한 황산 여행을 혼자라도 갔다 와야 되겠다 싶어 돈이 훨씬 더 많이 듦에도 불구하고 그냥 계약해 버린 것이다.

정확하게 6월 11일 아침 8시 화분에 물을 주고 일어서려는데 갑자기 왼쪽 다리가 풀리며 쓰러질 것 같아 문지방을 잡고 강한 정신력으로 버티며 일어났다.

부엌 쪽으로 걸음을 옮기는데 자꾸 왼쪽으로 쓰러지려 비실거린다.

내가 이런 사람이 아닌데, 강한 정신력으로 버티며 섰다.

몇 분 후, 몸 상태는 되돌아 왔으나, 방 안을 이리저리 거닐어 보니 아무래도 몸이 왼쪽 편으로 쏠리며 균형이 잘 잡히지 않는다.

아침을 먹고, 주내는 교회에 간다며 나보고 누워서 쉬라 한다.

몸은 정상으로 돌아온 듯하나 그냥 집에 있으면 안 되겠다 싶어 주내에게 병원으로 가자고 했다. 아버님이 뇌졸중으로 쓰러지셨을 때 들은 풍월이 있어서였다.

아버님은 십여 년 전 토요일 아침에 쓰러지셨는데, 부축하여 방안 침대로 모시고 가 누워 계시게 한 후, 아무래도 안 되겠다 싶어 점심 때 쯤 당시 한의사였던 오00 군수에게 전화를 하였었다.

오 군수로부터 "한방보다는 당장 병원으로 모시고 가야 한다."는 말을 듣고 동의대병원으로 모시고 갔는데, 응급실 당직 의사가 아버님을 침대에 뉘어 놓고는 아무런 처치 없이 계속 기다리는 거였다.

"응급처치를 해야 하지 않는가요? 이 병은 빨리 응급처치를 해야 한다는데 이러고 있으면 어떡합니까?"라며 의사를 닦달해도 의사는 그저 기다리라 한다.

그리고는 얼마 후, 사진을 찍은 후 주사를 놓고, 병실로 옮겨 입원을 한 것이다. 그리고는 일 년 여를 병상에 계시다가 돌아가신 거였다.

그때 배운 지식이 뇌졸중은 뇌경색과 뇌출혈로 나뉘는데, 증상은 비슷하게 나타나나 응급처치 방법이 전혀 다르다는 것이었다.

뇌경색은 뇌의 미세혈관에 피떡[혈전 血栓]이 가로막아 피가 통하지 않아 산소 공급이 안 되어 뇌세포가 죽어 가는 것이고, 뇌출혈은 미세혈관이 터져 피가 남으로써 뇌세포가 죽어 가는 병이다.

따라서 뇌경색으로 판명되면 바로 혈전용해제를 주사하여 피떡을 녹여내어 피가 흐르게 해야 하지만, 뇌출혈인 경우에 혈전용해제를 사용하면 피가 멈추지 않아 아주 위험해진다.

아마 그 당시 당직 의사는 CT, MRI, MRA 사진을 찍어 뇌출혈인지 뇌경색인지를 판단한 후 응급처치를 해야 하는 까닭에 방사선과 의사가 오기를 기다렸던 것임을 나중에 이해했다.

어찌되었든 뇌졸중 증상이 나타나면 지체 없이 병원에 가야 한다. 증상이 나타난 후 4-5시간이 지나면 뇌세포가 죽기 시작하고 그렇게 되면 마비된 다리를 회복하지 못해 반신불수가 되는 까닭이다.

참으로 무서운 병이다.

이러한 지식 때문에 교회 가려는 주내를 앞세우고 바로 봉생병원으로 간 것이다.

봉생병원으로 간 이유는 바로 전 날 봉생병원이 중풍 전문병원이라는 말을 우연히 들었기 때문이었다.

병원 응급실로 들어가니 과연 중풍 전문병원답게 당직 의사가 바로 침대에 뉘어 놓고는 이것저것 물어본 후 바로 피를 뽑고, 그 자리에 주사기를 그대로 놓아둔 채, CT, MRI, MRA 사진을 찍는다.

그러는 사이에 신경과 의사가 와서는 다시 이것저것 묻고 혈액검사 결과와 MRI 사진 등을 보면서 바로 주사기에 약물을 처방한다.

그리고는 약을 두 알인가 주면서 바로 먹으라면서 일주일간 입원을 하라 한다.

멀쩡한 사람보고 일주일 입원을 하라 하니 참으로 난감하고 황당하다.

이유인즉, 일주일 내에 뇌경색 재발 가능성이 높으니 입원을 하고 상태를 지켜보아야 한다는 것이다.

의사 말인즉,

"혈액검사 결과 및 사진 등을 보면 그렇지 않으나, 문진 내용 상으로 판단할 때 뇌경색이 분명합니다. 아마도 혈전이 뇌의 미세혈관을 막았다가 금방 뚫린 것으로 생각합니다. 죽을 때까지 약을 먹어야 합니다."

입원을 해야 한다니 참으로 답답한 노릇이다. 입원을 하면 사위는 어찌하고, 병원에 갇혀 있을 걸 생각하니 오히려 환자가 되겠다 싶어,

"집에 가 있다가 이런 증상이 다시 나타나면 지체 없이 병원에 오면 안 될까요?" 하니,

의사는 잠간 생각하다가

"증상이 아주 경미하니 그렇게 하시지요. 일주일분 약을 처방해 줄 테니, 일주일 후에 오세요. 그 전에라도 조금만 이상한 증상이 나타나면 바로 병원으로 와야 합니다."

그리하여 입원은 면했으나, 황산으로 놀러 가려던 계획은 뒤로 미룰

황산 공항

수밖에 없었다.

그래서 황산 가려 예약한 것을 취소해 버린 것이다.

황산을 여행하려 했던 또 다른 이유 중의 하나가 중국기행문을 쓰다 보니 한 권 분량은 훨씬 넘고 두 권 분량은 조금 모자라기 때문에 황산 구경을 한 후 모자란 부분을 채워 넣어 두 권으로 출판하려던 계획 때문이었다.

결국 모든 계획을 뒤로 하고 계속 혈전약을 먹으면서 뇌경색을 예방해야 하는 처지가 되니, 어느 날 문득 '이게 사는 것인가?'라는 의문이 든다.

이제 마시고 싶은 술도 못 마시고, 해외로 놀러 가지도 못하고, 증상이 나타나면 병원에 갈 준비만 하고 있는 것이 과연 제대로 사는 삶인가?

그러다가 사학연금에서 보내 준 잡지를 들춰보니 정신과 의사가 쓴 칼럼이 나를 일깨워 주었다.

그 분 칼럼은, '사람은 행복을 좇으며 사는가, 불행을 회피하기 위해 사는가'에 관한 내용이었다.

요지인즉 다음과 같다.

옛날부터 사람은 행복을 추구하는 삶보다는 불행을 회피하기 위한 삶을 더 많이 살아왔다.

그 이유는 불행을 회피하는 것은 생존아 걸린 문제이기 때문이다. 옛날에는 뱀이나 맹수로부터의 피해를 걱정해야 했고, 먹기 위해 독이 없는 열매를 분별할 줄 알아야 했고, 모든 위험 요인을 제거해야만 생존이 가능했기 때문이다.

그러나 현대는 이런 위험 요인이 많이 없어졌음에도 불구하고, 우리의

황산의 기암 괴석

뇌는 원시시대 그 상태로 머물기 때문에 자신도 모르게 불행을 회피하는 삶을 지향하며 사는 경향이 있다는 것이다.

그 분 말씀에 다르면, 일 년 365일 가운데 364일 23시간 50분을 불행을 회피하기 위해 살고 있다는데, 대부분의 위험 요인이 제거된 현대에서 과연 그렇게 사는 것이 바람직한가에 의문을 제기한다.

불행을 회피하기 위한 삶에서는 내가 즐거워하는 것, 내가 하고 싶은 것은 자꾸 뒤로 미루게 된다.

과연 그렇다면, 그대는 행복을 추구하며 사는가, 아니면 불행을 회피하기 위해 사는가?

뇌경색 재발이 언제 나타날지 몰라 집에서만 조용히 안정을 취하고 재발하면 병원 갈 준비를 하고 기다리는 건 불행을 회피하기 위한 삶이다.

그것이 내가 진정 원하는 삶인가?

아니다. 그건 바보 같은 삶이다. 뇌경색이 언제 재발할지 모르니 그것만 예방한답시고 술도 끊고, 여행도 안 하고, 내가 하고 싶은 것을 뒤로 미루는 것이 진정한 삶인가?

그러다 죽으면 무척 억울할 거 같다.

인명은 재천이니, 운명은 하느님께 맡겨 놓고 살아 있는 동안에 내가 하고 싶은 것을 하자.

하루하루가 지나가면 그만큼 이승에서 살 날은 줄어드는 것 아닌가! 이제부터라도 남은 여생을 하고 싶은 것을 하자. 하루라도 빨리! 뒤로 미루면 미룰수록 이루어지는 것은 없다.

이런 생각에 주내가 말레이시아 선교여행을 간다며 미안해 할 때, 황산 패키지여행을 선뜻 계약해 버린 것이다.

덕분에 돈은 두 배가 더 들었지만!

뇌경색이 일어나기 전에 계약한 황산 패키지여행은 199,000원이었는데, 이번 것은 279,000원이고, 게다가 호텔 전용 숙박료 15만 원을 더 지불해야 하니, 23만 원이 더 든 셈이다.

그때 그냥 여행을 취소하지 않고 갔더라면—지나고 나니 그 당시 몸은 정상이었다. 앞날을 염려하여 취소한 것이었을 뿐— 이 돈을 절약했을 텐데…….

한마디로 이번 황산 여행은 주내가 없었으나, 주내와 함께 여행하는 비용만큼 든 셈이다.

그러나 덕분에 주내로부터 독립하여 혼자서 여행하는 경험도 해보았고, 호텔 방도 혼자서 써 보았으니, 굳이 그렇게 아까워할 것도 없다는 생각이다. 죽으면 가지고 갈 돈도 아니지 않은가!

36. 황산을 가게 된 이유

37. 지붕 위의 납골당

2017.8.27 일

이번 여행에서 짐이라곤 갈아입을 옷 몇 가지와 세면도구, 그리고 소화제, 혈전용해제, 죽염, 비타민 C 등과 세면도구를 넣은 백팩 하나와 사진기가 전부이다.

우리 일행은 전부 33명이다.

짐이 단출하니, 단체로 입국 수속을 한 후 짐을 찾을 필요 없이 제일 먼저 공항 밖으로 나온다.

밖에는 현지 가이드인 김O 씨가 기다리고 있다.

그러나 일찍 나와야 아무런 소용이 없다.

모두 나온 후, 오후 5시쯤 50인승 관광버스에 올라타고 황산으로 향한다.

황산으로 가는 도중 가이드는 항주에 관해 설명을 한다.

항주는 절강성의 성도인데, 절강성은 남한 면적과 비슷한 크기이며, 인구가 6,000만이라 한다. 항주는 인구가 900만이고, 제일 살기 좋은 곳이며, 살고 싶어 하는 곳이란다.

"항주에서는 인물 자랑 돈 자랑 하지 말라."라는 속담이 있을 정도로 인물이 많이 나고, 부자가 많은 동네란다.

이곳 제일 부자는 알리바바를 창업하여 부자가 된 마윈(馬雲 마운) 회장이 명함을 내밀지 못할 정도로 더 부자라 한다.

300만 원을 들고 25조 원을 일군 마윈 회장이 "알리바바를 창업한 것은 내 인생 최대의 실수" 라며 "일이 내 삶의 거의 모든 시간을 가져가 버렸다."고 한탄했다는 기사를 작년 신문에서 본 적이 있는데, 그 마윈보다 더 돈 많은 부자가 살고 있는 곳이 이곳이라니, "항주에서는 인물 자랑 돈 자랑 하지 말라."는 말이 허언은 아닌 듯하다.

참고로 중국에서 가장 부자들이 많이 사는 곳이 북경, 상해, 항주라 한다.

버스가 가는 도중, 창밖으로 지붕 위에 공이 세 개씩 달린 탑을 인 집들이 보인다.

저게 뭔고? 왜 저런 금속 탑들을 지붕 위에 올려놓았을까?

답은 부잣집 표시라 한다.

이곳은 장사로 유명한 동네이니 부자도 많고, 돈을 잘 벌지만, 돈을 벌면 은행을 못 믿어 은행에 돈을 예치하지 않는 경향이 있었다고 한다.

그래서 은행에서는 3백만 위안(우리 돈 약 5억 5천만 원)을 5년 이상

부자집 표시

37. 지붕 위의 납골당

예치하면, 3층 단독주택을 지어주면서 공 세 개짜리 탑을 지붕 위에 세워 주었다고 한다. 공 하나에 500만 위안인 셈이다.

부자집 표시

그러니 지붕 위에 탑이 세워진 집은 잘 사는 집임을 알 수 있다.

"적어도 은행에 5억 원 정도는 가지고 있어야 항주 사람이다."라는 말이 있을 정도로 잘 사는 곳이 항주라니까.

그렇다면, 만약 이 집이 망하면 어찌되누?

별걸 다 걱정한다. 탑을 떼어내면 되지!

한편, 어떤 집은 지붕 위나 옥상에 조그마한 집이 덧붙여져 있다.

이것은 또 뭣꼬?

이건 납골당이라 한다. 이곳 사람들은 단독주택에서 옥상에 또는 지붕 위에, 그러니까 하늘과 가까운 곳에 조상의 무덤을 만들어 놓는다고 한다.

곧, 지붕 위에 별채를 지어 놓고, 부모님이 돌아가시면 화장하여 그곳에 묘를 만들어 놓고 산다고 한다. 지붕을 올린 이유는 비바람을 막기 위한 것이라 한다.

가이드 말로는 처음 이런 집을 방문했을 때, 그 이야기를 듣고 섬뜩하였으나, 생각해보니 돌아가신 부모님을 가까이 모시고 산다는데, 뭐 어떤가라는 생각이 들더라고 한다.

3층 집에서 1층은 주로 거실과 화장실, 부엌 등으로 쓰고, 침실은 보통 2,3층에 있다고 한다. 1층을 침실로 사용하지 않는 이유는 높은 습도 때문이라고.

항주 시 한 가운데에 서호가 있고, 그것은 중국에서 여섯 번째로 큰 강인 전당강으로 흘러 들어가는데, 이 전당강은 북으로 북경까지 운하로 연결되어 있다.

옥상 위 납골당

또한 항주는 중국에서 미인들이 가장 많이 사는 곳이라 한다. 참고로 두 번째로 미인이 많은 도시는 대련이고, 세 번째는 가이드의 고향인 할빈이란다.

그러니 중국의 4대 미인 중 하나인 서시가 이곳 항주 출신인 것은 우연이 아니다.

37. 지붕 위의 납골당

38. 등소평 씨 제 2의 고향

2017.8.27 일

출발한 지 1시간이 채 안 되어 휴게소는 분명 아닌데, 버스가 멈추어 선다. 그리고는 운전기사가 버스에서 나와 저쪽 편 사무실 비슷한 곳으로 갔다가 돌아와 다시 출발한다.

가이드 말에 따르면 절강성과 휘주성의 국경사무소에 들려 신고를 하는 것이라 한다.

버스가 저녁 먹을 식당에 도착하기 한 10분 전 쯤, 가이드는 우리 팀을 다시 네 조로 나눈 후, 각 조별로 식사를 하고, 황산에 오를 때나 내릴 때 조별로 이동해 달라고 당부한다.

1조는 아홉 명의 단체여행객, 2조는 초등학교 동창생 남자 둘과 여자 셋에 진주에서 온 모자와 나 이렇게 여덟 명이, 3조와 4조는 각각 부부 네 쌍이 모여 조를 이루도록 짜 놓은 다음, 식당에 들어가 네 테이블에 각각 앉도록 명령한다.

국경에서 출발하여 20분쯤 지나 드디어 식당인 구선농가(九仙農家)에 도착한다.

이름은 그럴듯하다, 아홉 신선이 여기에서 식사를 했나?

식당 2층에 올라가 자기가 속한 테이블에 앉아 각조의 조장을 뽑는다.

우리 조에서는 이OO 씨가 조장으로 뽑혔다.

축하합니다!

밥이 들어오고 요리가 들어오는데, 맛은 전혀 별로였다. 신선이 먹기는커녕 일반인도 먹기에는 더럽게 맛이 없다.

중국 가정집 수준 요리

가이드 씨는 중국의 일반 가정집에서 먹는 수준의 요리라며 이해해 달라고 하는데, 거지에게 주어도 손을 들어 사양할 요리들이다.

이렇게 솜씨가 없어서야~. 중국 일반 가정 집 수준을 알 만하다.

여하튼 먹어야 산다. 우리 조장님이 한 잔씩 따라 준 술을 가지고 입을 추겨 가며 맛없는 음식을 뱃속에 우겨 넣는다.

밥을 먹는 동안 가이드 씨는 옵션 코스를 제시하며 조별로 의견을 모으라 한다.

곧, "원래 황산 코스가 태평으로 올라가 운곡으로 내려오는 코스인데, 서해대협곡을 보고 모노레일을 타고 올라와 앞산으로 가 옥병 케이블카를 타고 내려오는 것이 어떤가요? 뒷산은 아기자기하고 앞산은 웅장하니 이왕 오신 김에 이를 다 보는 것이 좋을 듯하니 한 번 의논해 보십시오. 이 경우 모노레일 값하고 케이블 카 비용하고 이것저것 다 합쳐서, 솔직히 여기에는 가이드가 물 공급해주고, 식당에서 맥주도 공짜로 사주고 등등 합쳐서 75불이 더 듭니다. 이번 여행에서 옵션은 이것 하나뿐이니, 조별로 의논하여 한 조에서라도 반대가 나오면 원래 코스대로 하겠습니다."

맛없는 요리 놓고 열띤 토론이 벌어질 듯했으나, "가이드 입장도 있고, 앞으로 며칠 동안 재미있게 지내려면 가이드 말대로 하자."는 의견이 우세하여 우리 조에서는 결국 시큰둥하게 "그렇게 합시다."로 결말이 났다.

황산에 오르는 길은 운곡 왕복 코스, 뒷산 코스, 앞산 코스, 앞산+뒷산 코스 등으로 나뉘는데, 오늘 우리 여행 패키지에 포함된 것은 태평 케이블카로 올라가서 주로 북해 풍치구를 보고 운곡 케이블카로 내려오는 약 3-4시간 정도 걸리는 뒷산 코스였다. 곧, 송곡암 역에서 단하 역까지 케이블

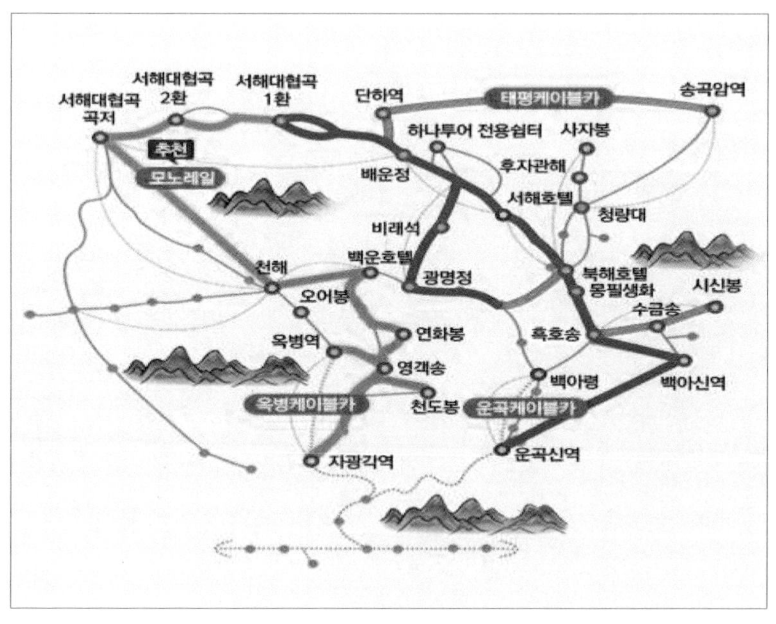

황산 코스

카를 타고 가서 서해대협곡을 약간 맛보기로 돌아 나온 다음, 배운정, 비래석, 광명정, 몽필생화, 시신봉, 흑호송을 보고 백아령으로 가 케이블을 타고 운곡산 역으로 내려오는 코스인데, 이것이 취소되고, 서해대협곡에서 모노레일을 타고 오어봉과 옥병루를 거쳐 내려오는 것으로 변경된 것이다.

다시 버스에 올라 호텔로 가는 동안 가이드 님 말씀에 따르면, 황산시는 3개 구가 있으며 인구는 150만 명의 작은 도시이다.

휘주로 불리다가 등소평이 황산을 개발하고 나서부터 황산 시로 개칭하였다 한다.

그렇다면 등소평이 왜 황산을 개발했는가?

그 이유는 다음과 같다.

등소평이 죽을 병에 걸려 거의 죽어 가는 상태에서 헬기를 타고 황산에 와 머물면서 치료를 받았다고 한다.

이때 황산 사람들이 황산에 들어가 기이한 약초도 구해서 가져다주는 등 정성을 다해 치료를 도왔다고 한다.

이곳에서의 한방 치료가 효험이 있었던지, 황산의 기를 받아서였는지 등소평 씨는 3개월이 지나 기적적으로 몸을 회복하게 되었고, "이곳은 내가 다시 태어난 곳이다."라고 크게 외치면서 제 2의 고향으로 삼았다고 한다.

이때 황산 사람들에게 신세진 것이 너무 고마워서, 무엇인가 보답을 해야겠는데…….

한참 숙고하던 등소평 씨가 어느 날 황산에 올라 경치를 보니 오악(五嶽)보다 더 아름답다는 것을 느끼고는 요걸로 먹고 살게 해줘야겠다 싶어 연 30만 명의 인원을 동원하여 이를 300년에 걸쳐 개발하라고 지시했다

운해 낀 황산

고 한다.

황산은 산이 깊어 본디 죄짓고 도망쳐 숨어살던 곳이어서 둔계(屯溪)라 했으며 원래 산적들이 살던 곳이었다고 하는데, 이런 곳이 등소평 씨의 말 한마디에 중국 최고의 관광 지역으로 변신했다고 한다.

실제로 이곳 여행국은 황산에서 나오는 관광 수입의 30%를 150만 황산 사람들에게 분배해 준다고 한다.

이것도 등소평이 주라고 했겠지!

황산 산 밑에 사는 사람들은 년 2,000만 원 정도를 받고, 멀리 떨어져 사는 사람들은 300~400만 원씩 받는다 한다.

요렇게 분배해주기 위해서 그랬는지, 황산 입장료는 중국에서 제일 비싸다고 한다. 황산에 오르려면, 적어도 우리 돈으로 8만 원을 내야 한다. 이곳에 오는 외지인이 내야 하는 기본요금인 셈이다.

원래 항주는 너무 잘 사는 데 황산은 너무 못살았다고 한다. 한때는 그 소득의 차이가 10배 정도나 났다고 한다.

실제로 항주의 집들은 붉은 지붕, 회색 지붕, 검은 지붕에 분홍색 담, 회색 담, 흰색 담, 녹색 담 등 집의 색깔이나 형태가 다양한데, 절강성과 안휘성의 경계를 넘으면 보이는 황산의 집들은 검은 지붕에 흰색 담이 거의 대부분이다.

이러한 검은 지붕에 흰색 담장의 집들도 등소평 씨가 지어 줬다 한다.

검은 기와에 흰 벽은 이곳 휘주(황산)의 교육 문화를 반영한 것이라 한다. 곧, 검은 기와는 먹을, 흰 벽은 종이를 상징한다고.

그리고 집 안의 가전제품까지도 70%를 중국 정부가 보조해 주었다 한다.

그러니 이곳 사람들이 어찌 등소평 씨를 존경하지 않겠나?

황산의 집들: 검은 지붕 흰 담

한때는 100만의 관광객이 몰려들어 호텔이 부족하여 방송으로 민박할 것을 호소하기도 했는데, 이곳 주민들은 발 벗고 이에 협력하였다 한다.

가이드 씨 말에 따르면, 그래서 이곳 사람들은 관광객에게 친절하고 바가지를 씌우지 않는다 한다.

그렇다면, 한 번에 다 개발하지 않고 300년 동안 개발하는 이유는 무엇일까?

첫째, 한 번에 다 개발할 힘도 없을 뿐 아니라, 둘째, "300년 걸려 개발을 해야 300년 동안 계속해서 관광객들이 올 것이고, 그래야 이들이 계속 먹고 살 수 있을 것 아닌가?"라는 등소평의 속 깊은 생각 때문이란다.

그래서 5년에 한 번씩 새로운 관광 코스가 개발되고 있다 한다.

참고로 장가계나 다른 관광지역 역시 새로운 코스를 계속 개발함으로써 적어도 5년에 한 번씩 다시 오게 되면 전혀 새로운 것을 볼 수 있다고 한다.

참고로 장가계가 가는 곳마다 신기하고 아기자기하여 '와, 와"하는 '와와 관광'이라면, 이곳 황산은 "어우!" 한 마디로 끝내 주는 '어우 관광'이라 한다.

예부터 내려오는 중국의 5대 명산은 동쪽의 태산, 서쪽의 화산, 남쪽의 형산, 북쪽의 항산, 가운데의 숭산을 말함인데, 이 다섯 개의 명산을 모두 조립해 놓은 곳이 이곳 황산이라고 소문이 났다고 한다.

결국 황산이 중국의 산 중에 첫 번째 명산이 되었다 한다.

한마디로 중국인들은 이 5대 명산인 "오악을 보면 다른 산들이 안 보인다."고 한다는데, "황산을 보면 이 오악이 보이지 않는다."고 할 정도로 경관이 좋다니 기대할 만하다.

사실 이 말의 뿌리는 명나라 때 시인이자 지리학자인 하객(霞客, 본명은 굉조 宏祖)이 오악귀래 불간산(五岳歸來 不看山), 황산귀래 불간악(黃山歸來 不看岳)이라 읊은 것을 인용한 것이다.

그러니, 1990년부터 유네스코 세계문화유산 및 세계자연유산으로 지정되었음은 물론이다.

황산은 안휘성 남쪽에 있는 72개의 봉우리, 34개의 동굴, 24줄기의 계곡, 17개의 온천이 있는 산악 풍경구로서 중국 10대 관광지로 알려져 있다.

황산에 나란히 서 있는 암석은 고생대에 생겨난 것으로, 긴 세월이 지나 침식되면서 현재와 같은 낭떠러지 절벽의 경관이 완성됐다.

해발 1,864m의 연화봉, 1,863m의 광명봉, 1,810m 1,800m의 천도봉 등 고봉들이 절경을 이루며, 기기묘묘한 소나무와 바위, 그리고 구름바다와 온천이 유명한 것으로 알려져 있다. 물론 아침에 해 뜨는 광경과 겨울의 눈 덮인 풍경 역시 볼만하단다.

중국인들이 황산에서 볼만한 것으로 기송(奇松), 괴석(怪石), 운해(雲海), 온천(溫泉), 일출(日出), 동설(冬雪)의 여섯 가지를 꼽는데, 이 여섯 가지가 바로 이를 가리키는 것이다.

다음날 산에 올라 보니, “금강산이 이렇지 않을까?”라는 생각이 들 정도로 볼 만하다.

아마 금강산은 이보다 더 나을 것이다. 가 보진 않았지만. 하루 빨리 북한과 평화를 찾아 금강산도 가 봐야 하는데…….

숙소인 황산 홀리데이 호텔에 도착하니 밤 9시 반이다.

물론 원래 여정이었던 청대 옛 거리 관광은 뒷날로 미루었다.

38. 등소평 씨 제 2의 고향

39. 비온 뒤 대밭에서 똥 누지 마라!

2017.8.28 월

6시 45분에 황산으로 출발해야 하므로 5시에 일어난다.

호텔 방은 그런 대로 괜찮다. 호텔의 아침 식사도 그런 대로 먹을 만하다.

식사를 한 후 밖으로 나와 거리를 살핀다.

길에는 오토바이가 많이 다닌다. 아마도 출근길인 모양이다.

황산으로 가는 길은 산 밑이 온통 대밭이다.

이 대밭은 황산을 개발하면서 심은 것이라 하는데, 그 면적이 상해의 30배라 한다.

상해의 면적이 서울의 10배라 하니, 서울의 300배나 되는 면적이 전

황산의 대나무 숲

황산의 대나무

부 대밭이라 하니 아무래도 중국인의 허풍이 끼어 있겠으나, 여하튼 그 스케일만큼은 알아줄 만하다.

대밭을 가꾼 이유는 첫째 대나무는 항균성이 있는 까닭에 벌레가 살지 못한다고 한다.

황산 둘레에 대밭을 만들어 놓음으로써 재선충 등 소나무 벌레들이 감히 황산의 소나무에 범접을 못하도록 원천 봉쇄한 셈이다.

벌레가 없으니, 이곳 황산에서는 새를 보기가 매우 어렵다고 한다. 실제로 새 소리도 안 나고, 새도 보이지 않는다.

둘째 이유는 대나무 뿌리가 산사태를 방지해 준다는 이유란다.

대나무는 60년 동안 살다가 꽃을 피우고 죽실이라는 열매를 맺고는 죽는다.

옛말에 따르면, 봉황은 이 죽실을 먹고 산다고 전한다.

39. 비온 뒤 대밭에서 똥 누지 마라!

또한 대나무에 꽃이 피면 재난이 온다는 말이 있다.

대나무 꽃이 피고 대나무가 죽으면 뿌리도 힘이 없어 산사태를 막지 못한다.

그러니 지진이 일어났을 때에는 대꽃이 피지 않은 쪽으로 피난을 해야 목숨이 안전하다. 가까운 예가 최근 일어난 쓰촨성 지진이다. 쓰촨성 지진 때 많은 사람들이 대꽃이 피었나 안 피었나를 보고 피난을 감으로써 많은 목숨을 건졌다니 알아둘 일이다.

셋째 이 대밭은 돈이 된다는 이유이다.

대나무를 사용한 많은 죽제품 이외에도, 죽순이 각종 고급 요리의 재료가 됨은 물론, 대나무에서 뽑아낸 실은 흡수력이 면보다 훨씬 좋아 이것으로 만든 내의가 건강에 아주 좋다.

대실의 흡수력이 얼마나 높은지는 관광 후 들른 죽제품 파는 집에서 확인해 준다.

흡수력이 좋으니, 이곳의 특산물인 대나무통술은 6개월 내에 먹어야 한다. 대나무통술은 살아 있는 대나무에 주사기로 68도의 배갈을 주사해 채운 후 숙성 과정을 거치면 40도 정도 되는데, 이때 대를 베어 내어 판매한다고 한다.

만약 6개월 이내에 먹지 않으면 대나무통이 다 흡수하여 아무 것도 보이지 않는다니 주당들은 명심해야 할 것이다.

이 대밭은 이곳에 사는 농민들에게 분배해 주어 관리하게 하였다는데, 이곳 농민들이 대밭에서 얻는 부수입이 제법 짭짤하다고 한다.

집 지어 줘, 돈 줘, 대밭도 줘, 그러니 이곳에서 등소평의 인기가 짱이다.

대나무는 하루 만에 다 커 버리는데, 특히 비가 온 뒤의 성장 속도는 엄청 빠르다. 오죽하면 우후죽순(雨後竹筍)이라는 말이 있을까!

우후죽순이란 말과 관련하여, 또 한 가지 명심해야 할 일은 "비 온 뒤 대밭에서는 똥 누지 마라!"이다.

비 온 뒤 죽순이 크는 속도가 엄청 빠르기 때문에 이때 대밭에서 똥 누다가는 죽순에 똥구멍을 찔리니 이런 불상사를 막기 위해 생긴 속담이다.

별로 향기롭지 못한 속담이긴 하지만, 대나무의 성장 속도를 잘 나타내 주는 속담이기도 하다.

40. 황산 위의 소나무

2017.8.28 월

약 1시간 정도 걸려 7시쯤 황산 산 밑에 도착한다.

가이드 씨가 입장료를 지불하러 가면서 약 20분 동안 자유 시간을 준다.

저쪽으로 누각이 보이고 그 뒤로 멋진 산들이 보인다.

역광이지만 사진을 한 장 찍고 다시 버스를 타고 5분 정도 이동하여 태평 케이블카를 탄다.

태평 케이블카에서 내려 오른쪽 길을 따라 서해대협곡으로 향한다.

서해대협곡은 황산 24협곡 중에 가장 빼어난 곳이라 한다.

1979년 등소평이 이를 보고 감탄하여, "누구나 중국 인민들이 보고

황산

황산: 산은 높고 골은 깊다.

즐기게 하라!"는 지시를 내려 약 20년에 걸쳐 14만 개가 넘는 돌계단을 만들어서 2001년부터 일반인에게 공개하였다고 한다.

그러나 일기가 나쁘면 서해대협곡 관광이 제한될 수 있다고 하는데, 오늘 일기는 매우 좋아서 전혀 문제될 게 없다.

산들이 깊기도 하다. 봉우리들이 깊은 계곡에서 거의 수직으로 솟아 있다.

주로 내리막길인데 경사가 말이 아니다. 급경사도 급경사이지만, 내려가면서 보이는 산들 역시 장난이 아니다.

걷느라니 땀이 나긴 나는데, 바람이 선뜻 불면 온 몸이 시원해진다. 에어컨 바람이다. 산 밑은 섭씨 36도인데, 이곳은 25도~26도란다.

그래도 바람이 없고, 오르막 내리막을 걷다 보면 온 몸이 땀에 젖는다.

40. 황산 위의 소나무

흠뻑 젖는다.

이 산에서는 '야호!"가 금지되어 있다고 한다.

또한 흡연 구역이 붉은 색으로 지정되어 있어, 아무데서나 함부로 담배를 피우단간 200위안(약 35,000원)에서 2,000위안(약 35만 원)까지 벌금을 물린다고 한다.

듣던 대로 소나무들이 좋다.

이곳 소나무들은 황산송 또는 대만송이라고도 부르는데, 이 소나무들은 해발 2,000m 이상에서도 살아남는 강인한 종의 소나무이다. 참고로 보통 소나무들은 해발 1,500m 이상에선 살 수 없다 한다.

이처럼 생명력이 강한 소나무들이어서 그런지, 산은 온통 돌산인데, 절벽에 뿌리를 박고 튀어나온 솔도 있고, 바위틈에 뿌리를 박고 늠름하게 자란 소나무도 있고, 그 형태도 가지가지이다.

돌 봉우리 위의 소나무

붓을 닮은 봉우리 위의 소나무에 이름 붙여진 몽필생화(夢筆生花), 검은 호랑이가 엎드린 모양의 흑호송(黑虎松), 수금(하프)처럼 생겼다는 수금송(竪琴松), 땅을 딛고 있는 용의 발톱처럼 생긴 용조송(龍爪松), 한 뿌리에서 두 그루의 소나무가 사이좋게 자랐다고 하는 부부송(夫婦松) 또는 연리송(連理松), 옆으로 뻗은 가지들이 서로 엉켜서 마치 부들방석(쿠션) 같은데, 그 위에 수도승이 앉아 명상을 하였다는 포단송(蒲團松) 등등이 있다.

이 이외에도 손님을 맞는다는 영객송(迎客松), 손님을 보낸다는 송객송(送客松) 등등 여러 가지 이름이 붙은 소나무들이 많이 있으나, 이름만 그럴듯하지 별건 없는 듯하다.

물론 이곳 소나무들이 맑은 공기 속에서 산의 기를 받아서인지, 아니면 혹독한 자연환경을 극복하고 살아남은 것이어서 그런지는 모르지만, 붉은 기둥에 꿈틀꿈틀 뻗어 나간 가지들과 녹색의 눈부신 솔잎들에는 기품이 서려 있기는 하다.

그러나 우리나라 오대산이나 동해안의 홍송처럼 시원시원한 맛은 없다.

우리나라 홍송은 쭉 올곧게 뻗은 키가 하늘로 솟아 그 기세가 대단하고 아름다워 품위가 있으니, 이곳 소나무들이 어찌 이에 견주랴!

이곳의 솔들은 가파른 절벽과 돌 틈에 뿌리를 박고, 비바람에 견디면서 구름과 안개 속에서 자라기 때문에 키가 작고, 뿌리가 깊다.

비록 이곳 솔들이 그렇게 크지는 못하지만 그런대로 기품이 있고, 신기하기도 하고, 아름답기는 하다.

척박한 돌 틈에서 비바람을 견뎌 내려니 키는 작은 게 유리하고 뿌리는 깊이 박을 수밖에 없어 요런 희한한 형태의 소나무들이 등장한 것이다.

모두 환경의 영향이다.

40. 황산 위의 소나무

황산의 소나무

절벽에서 뻗어 나온 소나무

어떤 건 봉우리에 지 홀로 우뚝 서 있고, 어떤 건 나폴레옹이 쓰던 모자를 쓴 것 같고, 어떤 건 칼날처럼 뾰족한 것도 있고, 어떤 건 앉아 있고, 어떤 건 누워 있고, 어떤 건 옆으로만 뻗어 있으니 그렇지 아니한가!

황산에서 볼 만 한 것 첫째가 신기한 소나무[奇松 기송]이라더니, 헛말이 아니다.

서해대협곡을 내려가는 동안 눈을 들면 온갖 기암괴석이 소나무들과 어우러진 봉우리들이 보이고, 눈을 내리면 깊은 계곡 속에서 솟아 나온 기이한 봉우리들이 보인다.

내려가고 또 내려가는데, 끝이 없다. 모노레일을 타려면 아직도 저 깊은 계곡 밑으로 내려가야 한다.

저 산 밑으로 모노레일이 보이긴 하는데, 왜 그리 멀게 느껴지는지.

주변 경치가 좋기는 하다만, 좋은 만큼 힘도 든다.

황산의 기암괴석들

40. 황산 위의 소나무

황산의 기암괴석들

세상에 공짜는 없다는 것이 여기서도 통한다. 고생한 만큼 아름다운 것을 볼 수 있는 것이다.

저 밑까지 언제 내려가나?

시작이 있으면 끝이 있는 법! 결국 주변 경치에 취하면서, 아픈 다리를 끌면서 드디어 내려 왔다.

모노레일 앞에서 조별로 인원 점검을 한다.

그리고 모노레일을 탄다.

주변의 거의 수직으로 뻗은 봉우리들 사이로 모노레일이 설치되어 있다.

저 앞이 까마득하게 멀게 느껴진다.

41. 왜 황산이라 이름 붙였을까?

2017.8.28 월

모노레일 중간 부분에 내려오는 차와 서로 교차해서 지나가도록 되어 있다. 모노레일로 오른 곳이 천해(天海)이다.

이곳 황산은 돌산임에도 불구하고 동해, 서해, 남해, 북해, 천해 등 바다를 뜻하는 지명이 많은데, 그 이유는 바로 이곳의 구름바다(雲海 운해) 때문에 붙여진 이름이라 한다.

그러니 여기서 '해(海)'라는 것은 구름바다를 뜻하는 것이리라.

이곳에 오기 전 날씨가 너무 맑아 구름바다를 볼 수 없으면 어찌하나 했었는데, 이곳에 오니 갑자기 운해가 일기 시작한다.

역시 구름이 산을 조금은 가려 줘야 운치가 있는 법이다.

황산: 운무를 배경으로 한 소나무

운무와 연화봉

안개처럼 몰려들던 운무가 깨끗한 녹색 솔과 잘 어우러진다. 보여줄 건 보여주고, 가릴 건 가리고…….

우리 인생도 마찬가지이다.

부부 사이라도 어느 정도 가릴 건 가리고 보여줄 건 보여주고!

여기서부터 운무에 싸인 봉우리들과 솔을 보면서 30분 정도 걸으면 백운호텔이다.

이 길만큼은 걸을 만하다.

점심은 좀 늦은 시간이지만, 오어봉(鰲魚峯)을 지나 옥병루 호텔에서 먹는다 한다.

그래서 원래 코스였던 배운정, 비래석, 광명정 등은 가지 못한다. 단지 멀리서, 아주 멀리서, 보는 수밖에 없다.

비래석이나 광명정은 김용의 무협소설 의천도룡기 속에 등장하는 곳이어서 귀에 익숙하고, 한 번 꼭 가 보려 하였던 곳이다.

그러나 단체 여행이라서 가이드 씨의 말을 따를 수밖에 없기에 원래 코스를 생략하고 75달러나 더 내면서 이쪽으로 오게 된 것이다.

나야 뭐, 이곳이 처음이니까, 어디가 더 좋은지도 모르고, 이쪽 코스에서 황산을 감상하는 것도 괜찮은 듯싶기는 하다.

그리고 나중에 말이지만, 이 코스보다는 태평 케이블카-배운정- 비래석-광명정-북해-시신봉-운곡 케이블카로 이어지는 뒷산코스가 훨씬 평탄할 것이라 생각하고, 더 나이 들기 전에 힘든 코스부터 다녀 온 것이 더 낫다고 자위하는 수밖에 없다.

그렇지만 김용의 소설 속에 나오는 곳을 먼발치에서만 바라봐야 만 한다니 안타깝기는 하다.

무릇 관광지란 그곳의 특징이나 특색에 덧붙여 스토리텔링이 되어 있어야 그 맛을 더하는 법이다. 그것이 전설이든 소설 속의 꾸며낸 이야기이든, 영화 촬영지이든!

이런 점에서 김용은 내가 이번에 가지 못한 곳에 대한 호기심을 더 더욱 높여 주는 데 크게 기여한 사람이다.

어찌되었든 광명정, 비래석 등은 다음 기회로 미루는 수밖에 없다.

난 좀처럼 뒤로 미루는 성질이 아니지만, 나만 고집하는 사람도 아니다.

백운 호텔을 지나 해심정(海心亭)이라는 정자를 지나 오어봉 쪽으로 간다.

오어봉은 서해대협곡 쪽에서 보았을 때, 저쪽 산봉우리가 물고기위에

운무와 연화봉 옆 봉우리

자라가 있는 모양이라서 그렇게 이름 붙인 것이다.

오어봉 위인지는 모르겠는데—아마도 오어봉일 것이다--동서남북 전망이 좋은 봉우리 위에 오른다.

널찍한 바위로 이루어진 비교적 평평한 봉우리인데, 저쪽으로는 연화봉이 구름에 가릴 듯 말 듯 우뚝 솟아 있다.

연화봉은 황산에서 제일 높은 봉우리로서 해발 1,864m이다. 누군가는 황산의 아름다움을 "화가들이 붓을 놓고 시인들이 말을 잃는다."고 표현한다.

역시 운무에 가린 봉우리들이 감탄을 자아낸다.

높은 산이라 그런지 운무가 갑자기 끼기 시작하다가 홀연히 사라지기도 하는데, 역시 운무가 동양화 여백의 미를 보여주듯 그 아름다움을 완성시킨다.

황산이라 하여 누런 산봉우리들이 있는 줄 알았는데, 전혀 그렇지 않다.

황산은 우리나라의 북한산이나 도봉산처럼 화강암 바위로 이루어진 산으로 바위 색깔이 뽀얀 회색 또는 아주 아주 연한 연분홍색이다. 그러나 햇빛이 비치는 바위 말고 눈앞으로 보이는 봉우리들은 역광이어서 그런지 가끔 검게 보이기도 한다.

그런데 왜 누루 황(黃) 자를 써서 황산이라 했는가?

사실 황산은 기원전 진(秦)나라 때는 검은 바위산이라고 해서 검산(黔山)으로 불렀는데, 중국인의 시조로 숭앙되는 황제(黃帝) 공손헌원(公孫軒轅 성은 공손, 이름은 헌원) 씨가 이곳에서 도를 닦아 선인이 된 것을 기념하기 위해 747년에 황산으로 개명하였다고 전한다.

그러나 사실은 검은 바위산도 전혀 아니다.

아마도 검산이란 말에서 '검'은 '으뜸', '최고'라는 뜻의 우리말 '검'인 듯하다. 다만 한자로 연한 검은 빛깔을 의미하는 '검(黔)'을 쓴 것 아닌가 생각한다.

전설에 의하면 황제는 직위를 다른 사람에게 물려준 후, 도교의 대가를 스승으로 모시고 중국 각지를 돌아다니며 연단술과 불로장생의 법을 익혔다는데, 검산에 이르러 자욱한 운무 속의 산수가 선경과 같은 것을 보고 눌러 앉아 열심히 도를 닦아 신선이 되었다고 한다.

운무에 쌓인 산들을 보노라면, 마치 내가 신선이 된 듯하기도 하다. 그러니 요기서 머무르면 저절로 득도할 수 있을 것이라는 전설이 만들어질 만하다 싶다.

그래서 그런지, 우리나라의 내로라하는 스님과 무당들이 이곳을 찾는

황산

다 한다.

"이곳만 오면 그냥 득도할 줄 아는 게 벼……'

비록 황산이 기가 센 산이어서 스님과 무당들이 와서 기도한다고 하더라도 득도가 그리 쉬울까? 정성이 있어야지! 그리고 운 때도 맞아야지!

참고로 기간 센 산으로 무당들이 잘 찾는 산으로는 이 황산 말고도, 태산, 백두산 등이 있다고 한다.

어찌되었든 이 봉우리 이곳저곳을 거닐며 동서남북 그 아름다움을 전망하며 사진기에 담는다.

전망이 너무 좋아 계속 머물고 싶으나, 이제 점심을 먹으러 가야 한다.

42. 믿는 자에게 복이 있나니…….

2017.8.28 월

또다시 내리막길을 따라 연화봉을 왼쪽으로 두고 옥병루(玉屏樓)로 향한다.

비록 내리막이라 하나, 내려가는 것이 이렇게 힘든 줄 몰랐다.

계단만 봐도 다리가 아프다.

이게 학습 효과다.

계속 가파른 내리막길을 뒷걸음치면서 내려간다. 무릎을 보호하기 위해서다.

그렇지만 그렇다고 종아리와 허벅지가 안 아픈 것이 아니다. 벌써부터 종아리와 허벅지에 알이 통통하게 뱄다.

고양이를 안은 채 가마를 타고 내려오는 뚱뚱한 중국인이 부럽다.

나이도 젊은 것이 가마 위에서 거드름을 피우는 듯하는 모습이 별로 보기는 안 좋다.

이를 보며 생각한다.

"아마도 저 친구는 몸무게가 꽤 나가니 돈을 더 주어야 할 거다. 거기다 고양이가 가마 탄 값도 주어야 할 것 아닌가?"

이를 보니 진즉 가마를 타고 올 걸 그랬다 싶다.

그랬다면 가마꾼들은 돈을 벌어 좋고, 나는 다리를 보호해서 좋고, 누이 좋고 매부 좋은 것일 텐데…….

그런데 왜 안 탔는가?

가마를 타면 기본요금이 100위안(약 18,000원)이라 하는데, 이 돈이 아까워 걸은 것이 절대 아니다.

그렇다고 가마꾼들이 백 위안, 백 위안하고는 백 위안을 두 번 했으니 200위안 내라고 하거나, 가마꾼이 둘이니 각각 100위안이라고 하는 중국식 셈법이 싫어서 그런 것도 아니다.

가마를 탈 때에는 이 모든 것을 확실히 해 놓아야 한다. 사실 무엇이든 확실히 해서 나쁜 일이 있을까?

가마꾼들도 이런 바가지가 안 통한다는 것을 어느 정도는 안다. 하도 많이 다녀가니까 이제 알 만한 사람은 다 알기 때문이다.

오, 불쌍한 가마꾼들이여! 이젠 바가지도 안 통하니…….

여하튼 진짜 이유는 가마를 타고 절벽 옆으로 난 길을 뒤뚱뒤뚱 내려오다가 휙- 하는 날에는 천 길 낭떠러지 밑으로 직행하여 염라대왕과 하이 화이브(High five: 손뼉맞장구)를 할 것 같아서 가마꾼들의 애처로운 눈길을 피해 계단 난간의 줄을 잡고 뒤로 기다시피 걸어 내려온 것이다.

다시 말해서 가마꾼들을 못 믿어서 고생 한 것이다. 가마꾼보다는 내 잘못된 생각을 믿은 벌인 셈이다.

"믿는 자에게 복이 있나니……."라는 성경 말씀이 진리임을 새삼 깨닫는다.

어찌 보면 가마 탄 중국 젊은이가 나보다 신심이 더 깊고 훌륭한지 모른다. 그러니 돈도 잘 쓰고, 지 편하고…….

거드름 피우는 듯한 모습도 나만의 잘못된 생각일지 모른다. 내 생각이 투영된!

나뿐만이 아니다. 사람들은 너무나 자기 생각에 맞추어 사물을 보려 한다. 자기 생각이 항상 옳은 것이 아닌데도 말이다.

한 시간 이상 엉금엉금 걷다 보니 옥병루에 다다른다.

이제 점심을 먹는다.

가이드 씨 말로는 “이곳 옥병루 호텔의 음식이 더 낫다.”고 하는데, 글쎄 내 입맛으론 크게 신통하지는 않다.

금방 “믿는 자에게 복이 있나니…….” 하드만, 가이드 말도 못 믿고 있는 나를 발견한다.

뭐가 잘못된 걸까?

한편, 중국엔 기이한 사람도 많다.

매번 느끼는 일이지만, 시끄러운 것도 그러하고 이 가파른 산길을 기내 가방의 두 배나 되는 큰 가방을 들고 오르락내리락하는 사람도 있다.

아마 가마꾼이 되려고 작정을 하고 연습하는 사람인가? 얼마나 귀중한 것이 들었으면 저 큰 가방을 들고 이 가파른 산길을 오르락내리락 하는

황산 잔도

황산 잔도

지?

황산의 산길은 낭떠러지 옆으로 길을 내 놓았는데, 이른바, 잔도(棧道)다. 험한 벼랑 옆으로 선반처럼 달아서 낸 길인데, 밑에서 보면 허공에 그냥 떠 있는 길이다.

여하튼 중국 사람들, 잔도를 내는 재주만큼은 알아주어야 한다. 삼국지에서도 다른 나라를 침략할 때 험한 산이나 벼랑에 잔도를 내고 급습하였다는 것을 기록하고 있으니 그 역사도 참 오래된 것이다.

이를 볼 때, 먼 옛날부터 이런 재주를 익혔으니, 어느 나라 사람이 잔도를 내는 재주를 중국 사람들과 겨룰 것인가!

잔도 위를 걸을 때는 몰랐지만, 그곳에서 나와 밑에서 보니 그냥 아찔하다.

저 잔도가 무너진다면 그냥 천 길 낭떠러지이니, 옥황상제 면회는 시간문제인 것이다.

사람은 자기가 처해 있는 상황 속에선 그 상황을 제대로 인식하지 못한다.

그래서 살 수 있나 보다.

여러분은 여러분이 처한 상황을 정확히 파악하려면, 그곳에서 벗어나 멀찍이 떨어져서 제 3의 눈으로 보아야 한다.

그래서 여행이 필요한 것인지도 모른다. 나를 되돌아보는, 아니 되돌아보기 위한 여행!

어떤 길은 바위를 깎아서 계단을 만들어 놓았다. 사형수들을 동원하여 감형시켜 준다고 꼬드겨 이런 공사를 했다고 한다.

황산 잔도

42, 믿는 자에게 복이 있나니…….

경치는 끝내준다.

광명정 쪽에도 구름이 일어 봉우리를 감싸는 것을 건너다 본다.

운무에 싸인 황산이 최고라더니 정말 최고다.

역시 산만 기이하다고 좋은 건 아니다. 안개와 구름이 일어 솔과 봉우리들이 함께 어울려야 좋은 것이다.

황산 옥병루 옆

갑자기 풍운이 일어 그 잘난 외양을 감추고 있다가 갑자기 걷히면서 뽀오얀 속살을 보여준다.

똑같은 돌덩어리 봉우리이건만 언제는 외양이고 언제는 속살이더냐?

조삼모사는 원숭이에게만 해당되는 게 아니다.

사람도 똑같다.

점심을 먹고, 그 유명하다는 영객송을 구경한다.

영객송은 손님을 맞이한다는 소나무인데, 황산 입장권에 박혀 있는 그

영객송

림의 주인공으로서 황산의 상징이 된 솔이다.

모택동, 주은래도 아낀 솔로서, 눈이 오나 비가 오나 3명의 관리원이 이 소나무를 떠나지 말고 늘 지키고 있으라 명령했다고 한다.

그래서 오늘도 3명이 이 솔을 지키고 있다. 눈이 오면 털어 주려고!

막상 영객송이라는 소나무를 보니 나름대로 품위가 있어 보이고 아름답기는 하나 보은에 있는 정이품 소나무보다는 못하다.

기품으로 보나, 크기로 보나, 전설로 보나, 우리 정이품 소나무가 훨씬 낫다.

영객송을 뒤로 하고, 옥병케이블카를 타러 다시 가파른 길을 내려간다.

43. 맹모삼천지교(孟母三遷之敎)를 실천하는 사람들

2017.8.28. 월

케이블카에 도착하니 2시 반이다.

옥병 케이블카로 내려 온 후, 3시쯤 다시 셔틀버스를 타고 우리 버스가 있는 곳으로 간다.

약 15분 쯤 이동하여 우리 버스를 탄다.

버스에 타자 가이드는 녹차 아이스케키를 하나씩 돌린다.

아이스케키는 참 오랜 만이다. 옛날 어린 시절 먹던 아이스케키이다. 요새 아이들에겐 생소한 얼음과지인 셈이다.

가이드 씨는 이 아이스케키가 제일 맛있다고 한다. 먹어 보니 과연 맛있다.

이곳은 대나무 외에도 차가 많이 생산되는 곳이다. 기후 조건이 차나무가 자라기 좋은 곳이기 때문이다.

또한 차는 일 년에 한 번만 농약을 치면 되기 때문에 여자들이 농사짓기에 적합하다고 한다.

이곳 남자들은 외지에 나가 성공해서 돌아와야 하기 때문에 이곳 여자들이 시부모 모시기부터 가사 및 생활을 전부 책임지어야 하는 것이 이곳 휘주 문화라 한다.

이곳 휘주 문화(황산 문화)는 중국의 56개 민족 문화 중 4대 문화의 하나로 꼽히는 곳이라 한다.

참고로 중국의 4대 문화는 중화 문화(북경 문화), 티벳 문화, 돈황 문화, 그리고 휘주 문화라 한다.

산수화

이들 지역 문화를 연구하는 것을 각각 티벳학(藏學), 돈황학(敦煌學), 휘학(徽學)이라 한다.

휘학의 내용은 정호, 정이, 주희로 이어지는 성리학뿐만 아니라, 신안화파(新安畵派)와 휘파판화(徽派版畵), 휘주전각(徽州篆刻) 등으로 유명한 미술, 신안의학(新安醫學), 중국 8대 요리의 하나로 꼽히는 휘주의 요리 휘채(徽菜), 그리고 휘파건축(徽派建筑) 등으로서 이들이 휘학의 중요한 연구 대상이 된다.

휘주 문화의 특징은 교육과 장사에 그 특징이 있다. 곧, 휘주 문화는 교육 문화이자 장사 문화이다.

이곳 아이들은 어려서부터 예절교육부터 받는다. 예컨대, "어른을 앞질러 가지 마라." "부모님께 효도해라." 등,

인간이 되는 훌륭한 교육부터 받는 것이다.

43, 맹모삼천지교(孟母三遷之教)를 실천하는 사람들

또한 교육열도 높아 중국의 4대 대학(청화대, 북경대, 복단대, 교통대) 합격률도 아주 높다고 한다.

가이드 씨 출신 지역인 흑룡강성에서 작년에 이 4개 대학에 입학한 학생이 2명에 불과했는데, 이곳에선 16명이 입학하였다고 한다.

"전생에 배우지 못해 한을 품은 인간은 다음 생에선 휘주에서 태어나라!"라는 말이 유행할 정도로 교육 문화를 자랑하는 곳이다.

따라서 애들 교육을 위해 이곳 휘주(황산)으로 이사 오는 사람들이 많다고 한다. 맹모삼천지교(孟母三遷之敎)를 실천하는 사람들이다.

허긴 사람 교육부터 되어야 하니…….

예부터 이르기를 "소주에서 태어나, 항주에서 살고, 황산에서 배우라!"는 말이 있겠는가!

사실 이러한 교육 도시로서의 전통은 이곳에서 배출된 유학자들과도 연

휘주 건물

관이 깊다. 정호, 정이에서 주희로 이어지는 성리학의 본산이 휘주인 것이다.

당월패방군 사당 지붕

곤, 성리학과 양명학의 원류라 할 수 있는 송나라 때의 정호(程顥 1032-1085), 정이(程頤, 1033-1107) 형제를 비롯하여, 이들 형제의 사상과 학문을 이어받아 집대성하고 보완하여 주자학을 만들어 낸 주희(朱熹 1130-1200)가 이곳 출신이다.

당월패방군 사당 천정

주희는 후에 주자로 불리는데, 주자의 얼굴에는 점 일곱 개가 오른쪽 관자놀이에 박혀 있었다 한다. 사람들은 이 점 일곱 개 때문에 "주희의 얼굴에는 북두칠성이 자리 잡고 있다."면서 주희가 대학자가 된 이유를 이 북두칠성 때문이라고 한다.

이런 훌륭한 학자들이 이곳 출신이니, 이곳의 교육열이 남다를 수밖에 없다.

43, 맹모삼천지교(孟母三遷之教)를 실천하는 사람들

44. 황산 여자가 최고라고!

2017.8.28. 월

한편 이곳 문화의 특색 중 하나가 장사 문화이다.

옛날엔 14세가 되면 결혼을 시켜 일주일 동안의 신혼 기간을 꿀같이 보낸 다음, 바로 남자를 쫓아낸다고 한다.

이 새 신랑은 공부를 하든지, 아님 장사를 하든지 선택을 하여 성공하여야만 돌아올 수 있다고 한다.

이러니 새 신랑은 마누라 보고 싶어서라도 열심히 공부를 하든가 장사를 하지!

이곳은 약초와 목재, 그리고 돌이 유명하다.

외지로 나간 신랑은 약초, 목재 등을 가져다 팔거나 교육 도시 출신답게 이 돌로 벼루를 만들어 팔고는 그 돈으로 이곳에 필요한 소금을 사 가지고 와 판다고 한다.

그렇게 하여 성공하게 되면 비로소 마누라를 볼 수 있다 한다.

그러면 성공 기준은 무엇일까? 어느 정도 성공해야만 마누라를 만날 수 있을 것인가? 요것이 궁금하다.

가이드 씨 말로는, 비유컨대 관광버스 한 대를 운영할 정도면 이곳에선 중산층이라는데, 적어도 그 정도는 되어야 성공으로 친다고 한다.

또한 이곳 출신들은 외지에서 유대감이 강하여 황산향우회 같은 걸 만들어 놓고 서로 돕는다 한다.

예컨대, 어떤 사람이 장사에 실패하면, 다른 향우회원들이 모여 회의를 통해 자본을 공동 각출해서 성공할 때까지 뒤를 봐 준다 한다.

그러니 장사를 해서 성공하지 못하는 사람이 어디 있겠는가?

그렇지만 성공 못하는 사람도 있을 것이다. 그러면 우찌되는가?

보통 사람들은 10년 내지 20년이면 성공하고 돌아오지만, 어떤 사람은 운이 나빠서 40이 되어도 성공하지 못해 못 돌아온다고 한다.

40이 될 때까지 성공하지 못하면 그건 자기 책임이다.

그럼 이 남자는 어찌 사는고?

그야 외지에서 다른 여자 데리고 그냥저냥 살아가는 거지 뭐!

설령 이런 불상사가 벌어진다 해도 여자는 남자가 성공해서 돌아올 날을 기다리며 시부모 모시고 집안일을 열심히 한다고 한다.

이곳 여자들은 남자에 대한 믿음이 강해서, 그렇게 함으로써 집안일에 대해서 남자가 신경 쓰지 않게 하는, 중국 아니 세계 제일의 며느리감이라 한다.

설령 남자들이 돈을 안 벌어 줘도 이곳에선 남자들이 황제 대접을 받는다니!

"아직 성공할 때가 안 됭겨~, 그렇지만 곧 성공할 겨!"라는 굳센 믿음으로 사는 여자들 때문에 생긴 풍습인 셈이다.

항주에선 송성가무쇼가 유명하듯이 휘주인 이곳 황산에선 휘운가무쇼가 있는데, 그 내용은 휘주의 생활 풍습을 표현한 것이다.

곧, 남편은 외지로 떠나고, 아내만 홀로 남아 부모님 모시고 달구경하며 외로움을 달래는 내용, 비 오는 날이면 혹시나 남편이 성공해서 돌아올까 설레며 문이 조금만 덜컹거려도 문 쪽으로 눈이 가는 모습 등등 이제나 저제나 남편을 기다리는 휘주의 여인 모습이 녹아 있는 것이 휘운가무쇼이다.

44, 황산 여자가 최고라고!

황산

보통 20대나 30대가 되면 성공하고 돌아오는데, 그 다음부터는 마음대로 집안을 드나들 수 있다고 한다.

일행 중 한 분이

“그러면 애기는 언제 만드나?”

가이드 씨 왈,

“애기는 하루면 만들지요.”

명답이다.

이곳 황산의 남녀가 모두 부지런한 반면, 상해의 문화는 전혀 딴판이다.

상해에선 남자가 돈을 벌어 와야 함은 물론, 밥하고 빨래하고, 청소하는 등 온통 집안일도 다 해야 한다고 한다. 물론 돈을 좀 벌면, 가사노동은 도우미 아줌마를 쓰면 되니까 면제되지만 말이다.

황산

요런 상해 남자들을 바라보는 황산 남자들의 시선은 그야말로 "쪼다들!"이라는 한마디로 표현할 수 있다.

그렇지만 상해 남자들의 생각은 전혀 다르다.

"남의 귀한 딸을 데려 왔으면 호강을 시켜 줘야지!" 하면서 마누라를 받들어 모신다고 한다.

상해 남자들은 중국에서도 프라우드가 가장 센 남자들이라 한다. 상해 남자에겐 상해만 도시이고, 다른 곳은 다 지방 취급을 한다고 한다.

예컨대, 상해에서 출근 시간에 고가도로는 상해 차만이 다닐 수 있다. 그래서 상해 교통판은 그 가격이 다른 지역 교통판에 비해 무지무지하게 비싸다.

그렇다면 상해 여자들은 어떻게 지내시는가?

상해 여자들은 남자들이 다 해주니 할 일이 없다. 그러니 이웃 여자들과 모여 술 마시며 마작을 하거나 백화점에 가 쇼핑을 하거나 여행을 하거나 할 뿐이다.

세상 어디에도 상해 여자처럼 편한 신분이 없다.

또한 상해 여자들은 목소리도 높다. 자신이 선녀인줄 착각하고 사는 여자들이 상해 여자들이다.

또한 매일 모여 여자들끼리 마작을 하니, 도박 실력이 안 늘래야 안 늘 수가 없다. 그래서 생겨난 말이 "상해 여자와는 도박판에서 붙지 말라! 무조건 피하라!"는 말이다.

이와 같이 떠받히며 사는 데도 중국에서 이혼율이 제일 높다. 여자들 바람기도 많고! 반면에 황산 여자들의 이혼율이 가장 낮다고 한다. 아이러니하게도!

참고로 이혼율이 두 번째 높은 곳이 연변이라고 한다. 우리 동포들이 한국에 일하러 오는 바람에, 남은 사람은 남은 사람끼리 사는 바람에, 그렇게 되었다고 한다.

여하튼 가이드 씨는 신신당부한다. "절대 상해 여자들을 얻지 말라!"고.

여러분들도 남자라면 이 말만큼은 명심해야 한다.

이와 반대로 "여자들은 상해 남자에게 시집가라! 그래야 팔자가 핀다."라는 말도 진리이다. 여자들이 알아두어야 할 말이다.

버스를 타고 공부도 많이 했다.

3시 15분 황산을 출발한 버스는 4시 반쯤 호텔에 도착한다.

땀도 많이 흘렸으니 샤워하고 5시 15분까지 버스에 집합하라 한다. 5시 반에 마사지 받으러 가서 7시 반에 돌아와 한국식당 〈한강〉에서 식사

호텔 객실

를 할 예정이다.

나는 마사지를 안 받기로 하였으니 저녁 식사를 하러 갈 때까지 호텔에서 쉬면 된다.

샤워를 하고 옷을 갈아입는다.

그리고 침대에 누우니 온 몸에 한기가 든다. 에어컨을 27도로 올려놓고 내의를 끼어 입는다.

이불을 덮고 있는데도 덜덜 떨린다.

이러다 몸살 나는 거 아냐? 갑자기 겁이 난다. 안 되겠다 싶어 아픈 걸 무릅쓰고 일어난다. 다리를 폈다 굽혔다 해본다.

오리걸음을 하면 풀릴까 싶어 시도해 보았으나, 허벅지 장단지가 아파서 도저히 움직이지 못하겠다.

호텔이 그런대로 쓸 만하기는 하나, 욕실이 있었음 좋을 거라는 생각이 든다.

욕실에 들어 앉아 있으면 오늘 고생한 다리의 뭉친 것도 풀릴 텐데…….

가마를 탈 걸 하는 후회가 또 다시 인다.

그렇지만 이런 후회는 소용이 없다.

결국 세상에는 공짜가 없다는 진리를 깨닫는다. 그만큼 고생했으니 그런 경치를 볼 수 있는 것 아닌가!

좋게 생각하는 게 좋은 것이다.

주내에게 전화를 해보나 안 된다. 와이파이가 잘 잡히지 않는 모양이다.

다리는 아픈데 호소할 데도 없고…….

TV를 켜 이것저것 채널을 돌리다가 7시 반에 저녁을 먹으러 간다.

주인은 물론 주방장부터 한국 사람이라는데, 메뉴는 삼겹살이다. 다른 음식들도 먹을 만하다.

2조 조장인 이OO 씨가 가져온 갈치젓갈에 삼겹살을 찍어 먹으니 오랜만에 제대로 먹은 듯하다. 하루밖에 안 되었는데…….

10시에 호텔로 돌아와 눕는다.

45. 누구를 위해 패방을 세웠나?

2017.8.29. 화

어제 호텔에서 전화기를 충전하려고 보니 충전기를 빠트리고 왔다.

집에서 꼭 들고 가야 한다며 챙겨 놓았는데, 막상 올 때에는 전화기만 쏙 빼서 들고 충전기는 그대로 놓아둔 것이다.

이러니 늙으면 자신의 기억력도 못 믿는다.

가이드에게 충전기를 빌릴 수 없느냐고 물어보니 호텔에선 빌려주지 않는다며 자기 쓰던 것을 오늘 집에 갔다가 가져다주겠다고 한다.

나중에 이 충전기를 전화에 꽂아 보니 잭은 맞는데, 속도가 엄청 느리다. 아쉬우나따나 그런대로 잘 쓰고 돌려주었다.

당월패방군

당월패방군: 입구의 복도

오늘은 당월패방군 등 동네 관광이다.

일단 버스는 라텍스 가게로 간다.

8시 반쯤 도착하여 늘 듣던 라텍스에 관한 설명을 듣고, 상식을 넓힌 다음 라텍스 침대에 눕는 체험을 한다.

침대에 까는 라텍스도 7cm짜리, 15cm짜리 두 종류가 있고, 그 이외에도 라텍스로 만든 애기 이불, 젖꼭지 등이 진열되어 있다.

체험을 하는 동안 쉬기는 잘 쉰다만, 다리는 더 아프다. 자꾸 걸어서 풀어버리는 것이 나을 듯한데, 전혀 갈 생각을 안 한다.

여하튼 지루한 시간 동안 최선을 다 한다. 누워서 발가락을 꼼지락 꼼지락거리기도 하고 발목을 접었다 폈다 하기도 하고, 누웠다 일어났다 하기도 하고, 그러다가 화장실에도 갔다 온다.

그리곤 다시 침대를 옮겨 누운 다음 발바닥 박수도 쳐보고, 쭈욱 기지개를 켜기도 하고, 최선의 노력을 나름대로 해보지만 일어서서 걸으려 하면 다리가 아프다.

그래도 갈 생각을 안 한다.

아마도 일정 판매액을 달성해야만 움직일 듯싶다.

시간이 10시 15분을 가리킬 때 버스를 탄다. 그런데 몇 분이 아직 안 나온다. 버스가 떠나기 전에 흥정을 함으로써 최대한 깎는 것이다.

결국 10시 35분이 되어서야 버스는 떠난다.

얼마나 잘 깎았는지, 뒤늦게 버스에 오른 일행의 얼굴도 웃음 띤 만족스러운 얼굴이고, 가이드 씨도 아주 만족스런 얼굴이다.

밖은 섭씨 33도이다. 오늘 최고 온도는 35도이지만, 습도가 낮기 때문에 그늘 밑은 그렇게 덥지 않다.

버스는 당월패방군(棠樾牌坊群)을 보러 간다.

당월패방군(棠樾牌坊群)은 시정부 소재지인 둔계에서 27키로 떨어져 있는 흡현(歙縣) 당월촌(棠樾村)에 위치한 포씨 가문의 집성촌으로서 7개의 패방(패루-牌樓-라고도 한다)이 나란히 세워져 있어 붙여진 이름이다.

요 일곱 개의 패방은 그 자체로도 볼 만하다.

패방이란 본디 마을의 문 역할을 하거나, 마을 입구를 표시하는 기능을 하던 것인데, 군왕과 그 가문의 예를 나타내는 것이기도 하다.

이 패방을 보면 그 가문의 효와 충절을 알 수 있고, 그 가문의 위세와 권위를 알 수 있다.

다른 마을 사람들이 이 패방을 보면 절로 머리가 수그러지고 순종하고픈 마음이 생긴다나!

45. 누구를 위하여 패방을 세웠나?

당월패방군

휘주의 패방은 중국에서 최고로 유명하다는데, 흡현만 하더라도 94개의 패방이 있고, 그 가운데 정절을 기려 세운 패방이 34개나 된다고 한다.

우리나라의 정문(旌門) 비슷한 거라 생각하면 된다.

요 지역은 춘추전국 시대 제나라의 재상이었던, 관포지교(管鮑之交)의 주인공인 포숙(鮑叔)의 후손들인 당월 포 씨들이 모여 사는 곳이다.

따라서 황산에서는 포 씨 집안이라면 알아준다.

이곳이 당월 포 씨의 집성촌이 된 것은 포안국이라는 사람이 이곳 태수로 있을 때, 당 태조 이연과 당 태종 이세민을 도와 당을 세우는 데 지대한 공헌을 하였으므로, 당 건국 이후 당태조가 포안국에게 이곳 휘주 땅을 다스리는 벼슬을 주었고, 그래서 이곳에 터를 잡아 살았기 때문이라고 한다.

당월패방군: 연실 파는 할머니

그 지대한 공헌이란, 포안국 씨가 포 씨 집안 사내들을 이끌고 전쟁에 참여했고, 그 결과 남자들은 다 죽어서 돌아왔다 한다. 그렇지만, 재가한 여자가 하나도 없었다 한다.

황제는 이를 기리기 위해 당월촌에 살았던 포 씨 가문의 덕행을 만천하에 알리기 위해 패방을 세우도록 허락해 주었다는데, 패방은 그 내용에 따라 충(忠), 효(孝), 절(節), 의(義)를 나타내는 충성 패방, 효자 패방, 열녀 패방, 그리고 OO 패방(의를 나타내는 패방을 뭐라 했는지 잘 모르겠다)으로 나뉜다.

그러니 이 마을에 있는 여러 패방이나 건축물들이 모두 포 씨 가문의 것이라고 볼 수 있다.

이곳에는 송나라, 원나라부터 명나라, 청나라에 이르기까지 800여 년

에 걸쳐 세워진 여러 건축물들이 있다,

남자를 위해 만든 남사당(男祠堂) 여자들을 위해 만든 여사당(女祠堂), 포씨 가문의 효도를 보여주는 효도 사당과 이 이외에도 각종 서원과 의창 등의 기념 건축물이 그것이다.

이러한 패방이나 사당 등은 사실 당시의 유교적 가치를 실천한 것을 표창함으로써 후세들이 본받으라고 하는 사회교육적 의미를 띠고 있는 것이다.

우리가 방문한 첫 번째 사당이 청의당(淸懿堂)이다.

청의당은 포 씨 집안에 시집온 여인들을 기리는 여사당(女祠堂)이다. 쉽게 말해 포 씨 집안 여자들의 절개를 기리기 위한 열녀 사당인 셈이다.

여자만을 기리는 여사당은 중국에서 이곳이 유일하다고 한다.

청의당: 사당의 문턱

참고로 사당 안으로 들어갈 때 문턱이 있는데, 신분이 높을수록 이 문턱이 높아진다고 한다.

높은 문턱을 피해 옆으로 난 문을 지나 사당으로 들어서면 공간은 둘로 나뉜다.

우선 서당으로 쓰이는 커다란 빈터가 있고, 그 다음 높은 공간이 포 씨 집안 며느리들의 위패가 모셔진 공간이다.

이 사당의 벽면에는 이곳 여인들의 생활을 그림으로 그려 놓았다. 전쟁에 나가 죽어서 돌아오는 관의 모습, 시부모를 봉양하는 모습, 아이를 업고 차밭에서 차 잎을 따며 일하는 모습 등등의 그림이 붙어 있다.

한마디로 이곳 여인들의 일생을 그려 놓은 교육용 기자재이다.

이를 보면 얼마나 이곳 여인들이 불쌍했는지를 알 수 있다.

포 씨 집안에서 며느리 감으로 점찍으면 이곳에 데려와 며느리들이 지켜 온 길을 교육시켰다 한다.

이곳에 여사당을 세우고 절개를 지킨 여인들을 위해 패방을 세운 속내는 단순히 이들을 기리기 위한 것일까?

당시 유교사회의 윤리와 가치를 이런 사당과 패방을 통해 은근슬쩍 주입시킴으로서 여인들을 더욱더 옭아매는 장치로 작용한 것은 아닐까?

실제로 이곳 여인들의 당시 생활을 보면, 좁은 2층 구석방에서 거의 갇힌 채로 살았고. 나이 50세이 넘어서야 겨우 자유로운 외출이 허용되었다 한다.

또한 남편이 장삿길을 떠나 몇 개월 내지 몇 년씩 집을 비우게 되면 시부모를 열심히 봉양하고 애들을 키워야 하고, 농사를 지어 집안을 먹여 살려야 하는 생활이었다 한다.

45. 누구를 위하여 패방을 세웠나?

세효사

남편이 집을 비운 채 외지에 나가 있는 시간이 많기 때문에 여자들을 얽어매는 데 유교적 윤리 규범을 사용한 것으로 볼 수 있다.

곧, 이런 패방과 여사당이 세워진 이면을 보면 다른 한편으로 당시 여자들이 얼마나 속박 당했는지를 알 수 있지 않을까?

열녀 패방만이 아니다. 충성 패방이나 효자 패방 등은 겉으로는 충효절의를 내세우고 있으나, 사실 군주에 대한 충성심을 끌어내어 그것을 본받으라는 소리에 지나지 않는다.

청의당에서 나와 이제 남사당(男祠堂)으로 들어선다. 세효사(世孝祠)라는 사당이다.

이 사당은 포 씨 집안의 효자들을 기리는 사당이다.

이 사당 역시 구조는 여사당과 비슷하다.

당월패방군: 포찬효자방

벽에는 포 씨 집안의 효자들, 충신들의 초상화들이 여인들의 일상 그림을 대신하여 걸려 있는 것이 다를 뿐이다.

그 옆의 남사당으로 돈본당(敦本堂)이라는 사당이 있다.

이 사당도 그 구조는 비슷하다. 단지 들어서는 좌우 문 두 개에 사천왕을 대신하여 언월도를 든 각각 두 명의 경비원 그림이 있고, 사당 한쪽 벽에는 충(忠), 효(孝), 맞은 편 벽에는 절(節), 염(廉)이라는 커다란 글씨가 붙어 있다.

이곳을 지나면 위패를 모신 곳이 나오는데, 이곳 벽에는 충신인지 효자인지가 역시 그림 속에서 우리를 맞는다.

여하튼 남의 나라, 남의 집 사당 구경은 그만하기로 하고 패방들을 구경한다,

45. 누구를 위하여 패방을 세웠나?

이곳에 7개의 패방이 늘어서 있는데, 이 가운데 세 개는 명대에, 네 개는 청대에 만든 것이라 한다.

패방은 돌로 만들었는데, 각 부분을 깎은 다음 서로 맞물려 세워 놓았는데, 못이나 리벳을 일절 사용하지 않았다는 점이 특이하다.

효자들 가운데 포찬이라는 효자가 가장 유명한데, 포찬의 효행을 기리기 위해 세운 것이 포찬효자방이라는 패방이다.

포찬의 아버지는 부인을 다섯이나 거느린 복 많은(?) 사람이었는데, 포찬은 둘째어머니가 키웠다 한다.

이 둘째어머니 발꿈치에 상처가 나 고름이 생겼는데—아마도 당뇨병의 후유증 아닌가 싶다-포찬이 입으로 빨아내어 치료했다고 하는 효행을 기특하게 여겨 이 패방을 세운 것이다.

패방마다 표지판에 한글로도 설명문이 적혀 있어 어떤 것은 충절을, 어떤 것은 절의를, 어떤 것은 효행을 표창하고 있다는 것을 자세히 읽어보면 알 수 있다지만, 뭐 그런 건 별로 관심이 별로 없고, 그저 그러려니 할 뿐이다.

이렇게 날씨가 더운데……. 섭씨 38도가 넘는 날씨이니…….

그저 일곱 개의 패방이 늘어서 있는 것을 감상할 따름이다. 이런 것들이 모여 있으니 나름대로 볼만은 하다.

현재 당월촌에는 포 씨들이 살고 있지는 않는다 한다. 모두 흩어졌다고.

패방군에서 나오는 길은 다른 길이다. 입출구가 다른 것이다.

그 이유는?

그래야 장사를 해먹지!

연밭이 있는 길을 지나 나오는 길 양 옆은 주로 붓과 먹, 벼루 등 문

방사우를 파는 곳이다.

붓과 벼루와 먹을 깎아서 우리 돈 3만 원과 중국 돈 10위안을 주고 산다.

그래도 교육의 도시인데, 이 정도는 사 줘야지!

점심은 패방군 앞의 음식점인데, 음식은 먹을 만하다. 어제 처음 갔던 음식점보다 훨씬 낫다.

우리 2조에서 한 여자 분이 속이 안 좋다 하여 가지고 간 한방 소화제를 건넨다. 아마 어제 저녁을 너무 맛없게 먹어서 그런 모양이다, 오늘 아침도 그렇고!

어찌되었든 오늘 참 좋은 일 했다.

한편 점심식사를 하며 식탁 위의 요리들을 찍으려고 작은 카메라를 찾는데 카메라는 없고 빈 집만 남아 있다.

이 카메라가 어디 갔지?

패방 사진을 찍으려고 앉았을 때, 빠진 듯하다. 카메라 집이 열려 있었으니…….

어쩌면 버스에서 빠졌을 가능성도 있다.

점심을 먹자마자 바로 버스에 올라탄다.

좌석을 살펴보니 과연! 하느님은 내 편이시다. 카메라가 좌석 한쪽 구석에 곱게 모셔져 있는 것 아닌가!

하느님 감사합니다.

이렇게 사진기에 집착하는 이유는 사진기보다 사진이 아깝기 때문이다.

여하튼 식겁했다.

45. 누구를 위하여 패방을 세웠나?

46. 기다리다 전화 오면 감방 가는 제도가 있다고?

2017.8.29. 화

포가화원은 패방군과 연결되어 있는 포 씨 가문의 화원으로서 분재와 정자 등 원림건축물이 볼 만하다.

점심을 먹고 12시 20분에 출발하여 5분도 안 되는 거리에 있다.

정원에는 호수와 가산을 만들어 놓았고 꽃과 나무 등을 잘 심어 놓았다. 곳곳에 분재가 자리하고 있어 흥취를 더한다.

그렇지만 이런 것들을 구경하면서 떠오르는 것은 포 씨 집안 여자들이 죽은 남편을 그리며 이곳에서 분재와 정원을 가꾸며 외로움을 달래고 있는 애처로운 모습이다.

전동차를 타고 구경할 수도 있는데, 가격은 우리 돈 2.000원이란다.

포가화원: 수석과 분재

그렇지만 안 타고 억지로 걷는다. 다리에 밴 알이 풀리기를 기대하며.

경치가 아름답고, 가꾸어 놓은 분재들도 볼만하다.

가이드 씨 말로는, 이보다 더 좋은 분재들이 많았는데, 비싼 것들은 관료들이 빼돌려 다 팔아먹고 싸구려를 가져다 놓았다 한다.

800년 된 분재도 있었다는데, 지금은 볼 수 없다. 애석하다.

시진핑이 들어와서 그 다양했던 부정부패를 싸그리 없앴다고 한다.

시진핑 집권 이후, 마약거래도 없어지고, 돈 받던 교통경찰이 지금은 안 받는다고 한다.

교통 위반 시 벌점을 12점 받으면 5년 동안 면허를 정지시켰고, 아편은 심부름만 해도 사형시켰다 한다. 또한 음식 가지고 장난치면 역시 사형!

짝퉁을 만들어 유통시키는 것도 엄히 처벌함으로써 지금은 짝퉁이 사라졌다는 게 가이드 씨의 말이다.

이런 건 본받아야 한다.

처음 적폐청산을 할 때에는 부정부패자와 범법자들을 감방에 처넣었는데, 감방이 꽉 차서 골치가 아팠다 한다.

그래서 일부는 집에서 감방이 비길 기다리다가 전화가 오면 감방에 갔다고 한다. 이른바 감방대기자 제도이다.

감방이 모자란다고 더 짓지 않고 감방대기자 제도를 만든 것도 아이디어는 아이디어이다.

여하튼 이웃나라 지도자이지만 참 훌륭한 지도자이다.

포가원의 한쪽에는 OO휘파분경예술박물관(OO徽派盆景藝術博物館)이 있다. OO는 간자체라서 읽지를 못하겠다.

46, 기다리다 전화 오면 감방 가는 제도가 있다고?

자슥들, 한자를 제대로 써야지! 더 어려워졌잖아.

박물관 안으로 들어가 보니 나무뿌리와 나무둥치를 깎아 만든(root-carving) 목각 인형들이 즐비하다.

수호전에 나오는 백팔영웅(백팔 명의 호걸들)들의 인형도 있고, 이태백의 인형도 있고, 왕희지의 인형도 있다.

이들을 감상하고 밖으로 나와 이제 정감촌(呈坎村)으로 간다.

가는 도중, 가이드 씨의 강의가 이어진다. 주제는 중국인.

중국 사람들은 속이 깊다. 그 속이 얼마나 깊은지 형제도 그 속을 모른다고!

친구로 사귀어도 적어도 10년은 지나야 그 속을 쬐끔 알 수 있다고 한다. 부부 역시 10년이 지나야 진정한 부부가 된다고 볼 수 있다.

좋게 말해서 속이 깊은 것이고, 나쁘게 말하면 음흉하다고 할까, 믿지

OO휘파분경예술박물관: 이백

OO휘파분경예술박물관: 왕희지

못하는 환경 때문이랄까?

중국 사람들은 남에게 속을 잘 내보이지 않는다.

가이드 씨 말에 따르면, 중국 사람들은 매우 이기적이라 한다.

중국 사람들은 먹는 것을 엄청 중요시한다. 반면에 입는 것은 별로 신경을 안 쓴다.

양복과 치마를 입고 황산을 등정하는 것은 보통이다. 거지처럼 입었는데 거부(巨富)인 경우도 많다.

그러니 중국 사람들은 옷차림으로 판단해서는 안 된다.

남에게 어찌 보이는가는 전혀 신경을 쓰지 않지만, 먹는 것은 자기 입으로 들어가는 것이기 때문에 돈을 아끼지 않는다.

가이드 씨의 설명을 듣고 난 후에야, 왜 부산 남천동의 '쌍둥이 돼지국밥집'에 중국 사람들이 바다 건너 몰려오는 이유를 이제야 알겠다.

중국 사람들이 한국 가서 제일 많이 사 오는 것이 홍삼 제품이고, 그 다음이 화장품이란다.

46, 기다리다 전화 오면 감방 가는 제도가 있다고?

문제는 홍삼 제품을 사 왔어도 결코 마누라나 부모님께 주는 경우가 없다고 한다. 좋은 것은 자기가 먹어야 하기 때문이다.

이것도 중국 사람들이 이기적인 하나의 예이다.

담배도 여러 종류를 가지고 다닌다 한다.

제일 비싼 담배는 지가 피우고, 만나는 사람에게 담배를 권할 때에도 등급에 따라 싼 거를 권한다고 한다.

이것도 이들이 이기적이라는 것을 보여주는 사례이다.

이런 것들은 어찌 보면 중국 사람들의 문화이기도 하다.

옷은 남루하게 입어도 지 편하면 되고, 자기의 건강은 지켜야 하니까 먹는 데는 절대 돈 안 아끼는 것이 그들의 문화인 것이다.

중국 사람들에게는 "죽기 전에 너보다 더 먹고 죽는다."는 것이 삶의 목표가 되는 셈이다.

여하튼 중국 사람들의 생활에서 목표 1순위는 먹는 거에 있다.

중국은 여러 민족으로 구성된 국가인데, 그 가운데에는 일 년에 세 번 목욕하는 민족도 있다고 한다. 태어날 때 한 번, 결혼할 때 한 번, 그리고 죽어서 한 번 세 번 목욕하는 민족은, 가이드 씨 말에 따르면, 장족이라 한다. 워낙 고산지대에 살다 보니 물이 귀하여 이런 말이 생겨났을 것이다.

이들은 죽으면 관에 시신을 넣어 절벽 높은 곳에 안치해 놓는다.

이때 좀 나쁜 짓을 한 사람은 관을 엎어 놓는다고 한다. 엎어져서 반성하라고! 더 나쁜 놈은 관도 없이 시신을 나무에 걸쳐놓아 새들이 쪼아 먹게 하는 조장(鳥葬)을 지내고.

그런데 이 말은 사실인지 아닌지 모르겠다. 가이드 씨가 농으로 한 말일 가능성이 높다.

47. 여기 귀신보다 더 높으면…….

2017.8.29. 화

포가화원에서 약 40분 정도 가면 정감촌(呈坎村)이 나온다.

이 마을은 1,800여 년 전부터 살기 시작한 곳으로서 제갈량의 형이 세운 마을이라는데, 송, 원, 명, 청나라 시대의 130여 개 고대 건축물이 있다.

이 마을 한가운데로 강이 S자로 흐르고, 마을 주변은 산이 둘러싸고 있어 마을이 팔괘 속의 태극에 들어 있는 형태이다.

현재 약 400가구가 살고 있다.

마을 구경을 하러 이 마을에 들어서게 되면 반드시 가이드 씨를 따라 다니라고 한다.

정감촌 영흥호: 태극 표지판

정감촌: 답답한 골목길

그 이유는 길이 가다가 끊기는 경우도 많고, 미로처럼 꼬여 있어 길을 잃기 쉽다고 한다. 그래서 도둑이 들어와도 꼼짝없이 잡힌다 한다.

이 마을은 들어오는 길과 나가는 길이 다르다. 철저히 풍수 원리에 의해 형성된 마을이다.

만약 길을 잃으면 물의 흐름을 따라 나오면 된다고 한다.

가이드 씨를 따라 40분 내지 1시간 동안 졸졸 같이 다닐 수밖에 없다.

일단 마을로 들어서서 태극의 중심에 해당되는 곳에서 가이드 씨는 강의를 시작한다.

일단 팔괘도를 보면서 태극의 음 양 두 중심 부분에 묘가 있었는데, 그 중 한 곳은 묘를 없애고 사당이 대신 들어섰다는 것, 여기에 있는 돌로 된 신수—중국인들이 좋아하는 재물의 신 피슈(비휴 貔貅)는 분명 아닌데, 여하튼 비슷한 동물—를 만지면 돈이 들어온다는 것, 여기에서 저쪽

정감촌

으로 건너갈 때 남자는 왼발로 여자는 오른발로 넘어가야 앞으로 평생 어려운 일이 없이 평탄하게 살 것이라는 것 등을 알려주고 "나를 따르라."고 명령한다.

얼결에 사진을 찍다가 그만 내가 남자인 것을 망각한 채 오른발로 넘어가고 말았다.

"아차!" 했지만 벌써 발은 넘어간 상태이다.

이것 참, 무를 수도 없고……. 이왕이면 좋은 게 좋은 건데, 이런 실수를 하다니…….

'아이구, 앞으로 어려운 일이 많이 있겠구나.'라는 생각과 함께, '이런 미신은 심약한 사람들에게나 통하는 거지, 나같이 훌륭한 사람에게는 아무런 영향을 미치지 못한다.'는 생각도 든다.

내가 여기 귀신보다 더 높으면, 왼발 오른발 구애받을 필요는 없을 것 아닌가!

이렇게 마음먹고 마음을 추스른다.

골목길은 뚱뚱한 사람이라면 두 사람이 지나가기에도 비좁은 길이다.

가이드 씨를 따라 걸으면서 좌우를 살펴본다.

가끔가다 조그마한 상점들이 문을 열고 있다. 잡화를 파는 상점, 목각 등을 파는 상점, 벼루와 먹을 파는 상점, 주전부리 음식을 파는 상점 등이 있으나, 가게 주인은 한가하게 앉아 있을 뿐 열심히 팔 생각도 안 한다.

그도 그럴 것이 정부에서 돈을 주기 때문에 물건은 팔리면 가외 수입이 생겨서 좋고, 안 팔려도 그만이니까, 굳이 열심히 팔 필요가 없는 것이다.

어떤 집인지 들어가 구경을 한다.

집 안으로 들어가면 내원이 나오는데, 이 빈 공간을 중심으로 ㅁ자 형의 집이 들어서 있다.

그 안으로 들어서면 역경관(易經館)이라는 현판이 붙어 있는 방이 나오는데, 양쪽으로는 '용두마'라는 용머리의 말과 마치 탐욕스런 늙은 중의 머리 모양을 한 거북이 입을 벌리고 지키고 있다. 벽에는 낙서(洛書)와 후천팔괘(後天八卦)가 붙어 있다.

정감촌 역경관 지킴이

여기서 나와 조금 가니 정감나씨모

정감촌: 나씨 두부집

두부(呈坎羅氏毛豆腐) 집이 나온다. 정감 나 씨 두부집이라는건 알겠는데 모두부가 뭔고? 우리말로는 털두부인데...

정감 나 씨가 이곳에 정착한 건 명대부터인데 의사 집안으로 유명하다고 한다.

중국에 가면 늘 들리는 동인당이라는 병원을 세운 사람도 여기 나 씨라 한다. 과거에 어의를 역임하였고, 동인당이라는 이름도 황제가 하사한 이름이라고 한다. 또한 등소평도 여기 와서 치료를 받았다 한다.

이리 저리 가다 보니 커다란 사당이 나오는데 나 씨 사당이다.

이 사당은 나동서(羅東舒) 선생 사당이다. 이분이 어떤 분인지는 입구의 팻말에 쓰여 있지만, 별 관심 없다. 단지 나 씨 가문에서 나온 인물이라는 것은 알 수 있겠다.

요 사당이 바로 음 양 태극의 한 가운데 중 하나인 곳으로 옛날엔 묘가 있었던 자리인데, 풍수가를 초빙하여 묘를 없애고 대신 사당을 세웠다 한다.

현재는 이곳을 마을회관으로 사용하기도 한다.

이곳은 굳이 풍수적으로 따지지 않더라도, 둘러싼 산과 흐르는 물이 맑은 경치 좋은 곳이어서 외지인의 별장이 많다고 한다.

이 동네의 골목 양쪽으로는 주로 담벼락이 있는데, 우중충한 것이 옛날 티를 내려는 것인지 모르겠으나, 조금은 지저분하고 답답하다.

사당을 둘러보고 마을의 출구로 나오니 오른쪽으로는 물이 흐르고, 기다란 조각배에 사람들이 타고 물이끼를 걷어 내는 작업을 하고 있다.

이 동네는 환경을 보존하는 동네라서 화장실이 없다고 한다. 요강과 매화틀에서 일을 보는데, 새벽에 종소리가 나면 들고 나와 수거차에 버린다.

이 마을에서 새벽의 종소리는 분뇨 수거차 종소리이니 두부 장수의 종소리로 오인하지 마시라!

정감촌: 환경 정화

48. 며느리 지키기

2017.8.29. 화

2시 51분 정감촌을 출발하여, 3시 잠구민택(潛丘民宅)에 도착한다.

잠구민택은 황산시 휘주구 잠구라는 마을에 있는 전통 가옥이다.

황산에 이주한 돈 많은 사람들(대부분 소금장사를 해서 돈을 번 상인들)의 별장이 있던 동네라 한다.

여덟 가구가 살았다는데, 밖에서 보는 것과는 달리 안으로 들어가 보면 나무로 만든 높다란 이층집이다.

이 집들은 청나라 시대의 옛 건축물을 대표해주는 집들로서 못이나 쐐기를 쓰지 않고 지었다 한다.

잠구민택: 작은 창문

잠구민택: 작은 창문

집 내부: ㅁ자형 구조

이 집의 특징은 마두정이라는 말 모양의 지붕과 높다란 흰 벽, 그리고 높다란 흰 벽 저 위에 난 작은 창문이다.

이 창문은 사람 머리 하나도 들어가지 않을 만큼 작다.

겉으로는 감방 같다. 감옥도 이런 감옥이 없을 것 같다.

얼마나 답답할꼬?

그러나 속으로 들어가면 호화로운 가구도 있고, 방도 꽤 크며, 집 가운데가 뻥 뚫려 있고, 이층 난간이 있어 그곳으로 채광과 통풍이 되는 구조이다. 이른바 ㅁ자형 이층 구조이다.

집이 하나의 성이다.

집을 이렇게 지을 수도 있구나 싶다.

일반적으로 일층에선 부모들이 거주하고, 이층에선 외지에 돈 벌러 나간 신랑을 기다리며 며느리가 생활한다.

이곳 휘주에서는 아무리 부잣집도 절대 재산을 그냥 물려주지 않는다. 부잣집 도령도 13-4세가 되면 결혼시켜 일주일 동안 신부와 지내게 한 다음 쫓아낸다. 외지로 나가 성공해야만 돌아 올 수 있다.

그러니 혼자 생활하는 이 며느리가 바람피우지 못하도록 외벽에 있는 창문을 그렇게 작게 만든 것이라 한다. 혹시 어떤 놈팽이가 사다리 타고 올라와 드나들 수 있을지도 모른다는 생각에서…….

역시 중국 사람들 의심도 많다.

여하튼 남자가 성공하고 돌아오면 창문이 커진다는 말이 있는데 사실인지 아닌지는 모르겠다.

이 잠구민택에는 현재 아무도 안 산다. 빈 집이다. 여기 살던 분들은 장개석 따라 이 좋은 집을 버리고 모두 대만으로 이주했기 때문이다.

잠구민택: 곡의당

잠구민택의 첫 번째 집이 성인당(誠仁堂)이다.

집의 구조는 비슷하다.

가운데가 비어 있는 ㅁ자형 이층집이다.

성인당에서 나와 계단을 오르면 널찍한 공연장이 있다. 왼쪽 무대가 있는 집에서 배우가 나와 노래도 하고 연극도 한다.

그곳을 지나면 역시 의인당(義仁堂), 곡의당(谷懿堂), 왕순창댁(王順昌宅), 홍택(洪宅) 등 8가구의 집들이 놓여 있다.

이 집 저 집 들여다본다.

집 안으로 들어서면 벼루, 먹, 나무뿌리 조각품 따위를 팔고 있다.

남의 집 들여다봐야 뭐 별 거 있나? 이층에도 못 올라가 보는데……

단지 옛 청대 휘주 건축양식으로 유명하다지만, 그런 건 잘 모르겠고, 나무로 지은 집의 대들보 따위에 새겨 놓은 목공예 솜씨 등만 대충 감상하고 만다.

가이드 씨로부터 이곳 소수민족의 풍습에 관해 교육을 받는다.

이곳 산속에 사는 소수민족들은 장가간 큰 아들이 산 속에서 귀한 약초를 캐 가지고 차마고도로 가 보이차를 사 가지고 오면, 둘째 셋째가 이를 팔아 돈을 번다고 한다.

큰 아들이 차마고도로 출장을 떠나면 보통 10개월씩 걸린다는데, 그동안 형수는 둘째와 셋째 아우가 데리고 산다고 한다.

형수는 그러면 어떤 동생과 잠자리를 하는가? 서로 부딪치면 어쩌는가?

요것도 방법이 있다고 한다.

형수가 신을 내놓거나, 모자를 문 앞에 걸어 놓거나, 장갑을 문턱에 걸쳐놓거나, 어찌되었든 그들끼리의 약속한 물건을 내 놓음으로써 교통정리가 된다고 한다.

이러한 풍습이 생긴 가장 큰 이유는 남아선호 때문에 여자가 귀하기 때문이라고 한다.

그래서 딸만 둔 집은 부자가 된다.

왜냐면 남자가 결혼을 하려면 처가에 돈을 주어야 하기 때문이고, 결혼 비용도 모두 남자가 부담해야 하기 때문이다.

한국 돈 7억 정도가 있어야 혼인이 가능하다고 하니…….

또한 애를 낳으면 젖 값으로 8만 위안(우리 돈 약 1,500만 원)을 지급해야 한다고 한다.

그래서 이곳에서는 1남 2녀를 두는 것을 선호한다. 요새는 아들을 임신하면 지우고 딸이면 낳는다고 한다. "아들은 키워 봐야 헛거여!"라고 꾸시렁거리면서.

48. 며느리 지키기

49. 코걸이를 하고 편백 오일 체험

2017.8.29. 화

3시 30분 출발하여 죽제품 파는 곳으로 간다.

옛날 죽제품 파는 곳에 들렀던 때와 비슷하다. 대나무 솜부터 대나무 숯의 활용 등등 설명을 듣고는 편백 오일에 관한 설명도 듣는다.

편백 오일을 적신 성냥알만 한 솜뭉치를 집어넣은 코걸이를 하나씩 노나 주고 코걸이를 하라면서 편백 오일의 효능에 대해 강의를 한다.

편백 오일 향을 맡으면 콧구멍이 뻥 뚫리고, 피부병에 즉효약이고, 등등.

모두 코걸이를 하나씩 하고는 설명을 열심히 듣고는, 이제 편백 오일의 효능을 체험한다.

주인은 부지런히 좌석을 누비면서 편백 오일을 손바닥에 조금씩 따라 주거나 발의 무좀에 발라 준다.

솔깃하여 편백 오일을 하나 사 갈까 했으나 비행기 내에 들고 들어갈 수가 없고 수하물로 부쳐야 하는데, 백팩 하나만 메고 왔으니 그럴 수가 없어 참는다.

괜히 공항에서 잘못하면 뺏겨 버릴 것이다. 언젠가 실제로 면도에 필요한 포우미를 뺏겨 버린 적이 있다.

편백 오일 50ml 한 병이 5만 원이라는데…….

덕분에 돈 굳었다.

그리고는 대나무로 만든 옷, 치약, 솔 등등을 구경한다.

그렇지만 죽제품이고 편백 오일이고 뭐고 간에 그저 집에 가 쉬고 싶다. 허벅지가 아프다. 다 귀찮다.

이곳 향토 음식으로는 두부 삭힌 것, 곧, 취두부와 쏘가리 삭힌 것이 유명하다고 한다.

쏘가리는 짚과 진흙을 버무려 둘러싸 소똥 무덤 속에서 3개월 정도 삭히는데 홍어 맛이 난다고 한다.

저녁은 한라산이라는 한국 음식점에서 버섯전골을 시원하게 잘 먹는다.

그리고는 여양(黎陽) 옛 거리로 간다.

이곳은 옛날 집들을 상가로 개조한 곳으로서 서울의 홍대 앞거리처럼 젊은이들이 몰려다니는 곳이다. IMAX 영화관도 있고, 찻집도 있고, 맥주집도 있다.

여양 옛 거리

49. 코걸이를 하고 편백 오일 체험

여양 옛 거리: 한국 음식점

여양 옛 거리: 중국 음식점

그러나 습도가 높아 너무 무더워 땀이 많이 난다.

이곳저곳 돌아다니며 보니 한국 음식점들도 몇 군데 된다.

저 멀리 멋진 건물이 음식점이라는데 야경이 멋있어 사진에 박아 넣는다.

7시 40분 버스를 타고 호텔로 돌아온다.

8시나 되어 숙소에 도착한다.

50. 체면상 아프다는 말도 못하고…….

2017.8.30 수

오늘은 8시 15분에 출발하여 청대 옛 거리와 휘주박물관을 들려 항주로 가 저녁을 먹고 송성가무쇼를 보는 것이 주요 일과이다.

버스는 청대 옛 거리로 가기 전에 중국 정부에서 직영하는 동인당 한의원에 우리를 내려놓는다.

재중동포인 원장이 나와서 기(氣)와 혈(血)에 관한 강의를 한다. 예컨대, 인삼은 기를 돋우는 약재이고, 녹용은 혈을 보하는 약재이므로 이를 구별하여 약을 써야 한다는 내용이다.

그리곤 나이가 든 한의사들이 여러 명 나와 공짜로 진맥을 해준다. 그 옆에는 인턴십을 밟고 있는 젊은이들이 여럿 나와 지압과 안마를 해주거나 침을 놓아준다.

진맥은 공짜이지만, 젊은 의사들이 행하는 마사지는 우리 돈 3천 원, 침은 1만 원의 팁을 주어야 한다.

늙은 의사한테 팔을 내민다.

진맥을 하더니 특별히 별 이상이 없다며, 운동을 열심히 하고 땀을 내야 건강해진다고 하며 규칙적으로 운동을 하라 한다.

이때를 놓치지 않고 궁금한 것을 묻는다.

"내가 지난 6월 갑자기 뇌경색 진단을 받았는데, 의사는 한 방울도 마시면 안 된다고 하는데, 정말로 술을 마시면 안 되는가? 난 반주로 한두 잔 정도를 즐겨 왔는데, 한두 잔은 괜찮지 않은가?",

그러자 한두 잔은 괜찮지만 많이는 마시지 말고, 운동을 하고 있는가

묻는다. 매일 요가를 하고 있다고 대답하자, 계속 운동하시라 한다.

그러면서 "약을 처방해줄까?"물으면서 "사향이 좋다." 한다.

얼마나 드는가 물어보니, "한 달 분이 84만 원인데, 석 달치를 써야 한다."고 한다.

그러면서 조심해야 할 것이 "임산부에게는 사향 냄새도 맡게 해서는 안 된다." 한다. 사향이 유산을 시키는 모양이다.

그러면서 처방전을 써 줄 테니 밖에 나가 약을 지어가라 한다.

사향이 귀한 약재이고 비싼 것은 알겠으나, 석 달치라면 252만 원의 거금이 든다.

나는 고개를 흔든다.

황산

50. 체면상 아프다는 말도 못하고……

황산

“나는 부자가 아니라서 안 먹을래요. 너무 돈이 많이 들어 가유~.”

그리고는 물러난다.

옆에서 보니 일행 중 한 분이 마사지를 받고 있다.

마사지를 하는 젊은 여의사는 땀을 흘려 가며 열심히 주무르고 쓰다듬고 문지른다.

에이, 아직도 다리가 안 풀렸는데, 다리 마사지나 받아야겠다.

마사지를 하려 하니 젊은 의사가 와서는 침을 맞는 것이 더 효과가 있다고 꼬드긴다.

그럴 듯하여 침을 놓으라고 하니 오른쪽 무릎과 허벅지에 각각 세 대씩 침을 놓고는 1만 원을 뺏어 간다.

침이 효과가 있으면 좋으련만 괜히 돈만 강탈당한 기분이다.

돈 3천 원 버리는 셈치고, 젊은 여자 의사에게 마사지를 청한다. 역시 땀을 뻘뻘 흘려가면서 종아리와 허벅지에 뭉친 알맹이를 푼다. 푸는 게 아니고 터뜨리는 모양이다.

주먹을 불끈 쥐고, 인정사정없이 박박 문지르는데, 체면상 아프다는 말도 못하고 참느라고 혼났다.

내가 손을 대면 차마 아파서 그렇게 못하는데, 지 다리 아니니까 박박 문지른다.

며칠 동안 아플 것을 한꺼번에, 지금 이 순간에 다 아프게 하는 게 치료의 요령인 모양이다.

말은 못하고 신음 소리를 내면서 속으로 끙끙 앓는다.

어찌 되었든 그 여자분 열심히는 했다. 이 3천 원은 아깝지 않다. 치료 효과야 있든 말든 열심히 했으니까.

일단 한꺼번에 미리 아파 버려서인지 병원을 나올 때에는 다리가 한결 풀린 듯하다.

쉰콜라!

고맙다는 중국말이란다.

51. 돈보다는 시간이여!

2017.8.30 수

이제 휘주 박물관으로 간다.

휘주 박물관은 중국 4대 문화의 하나인 안휘 문화를 보여주는 옥, 엽전, 도자기, 자개 박은 통 등의 생활용품, 그리고 이곳 여인네들의 생활을 담은 그림 따위를 볼 수 있다.

그리고 이곳 부호였던 청나라 때의 거부(巨富)인 호관삼(胡貫三: 후구안산)에 관한 설명과 황산에서 찍은 등소평 사진 등이 전시되어 있다.

호관삼은 휘상(徽商: 휘주의 상인)으로 어마어마한 부자였다고 한다.

호관삼 씨가 경영하는 전당포만 36개에 이르고, 백은(白銀)이 500여

휘주 박물관

휘주 박물관

만 냥이었으며, 요즈음 뜨고 있는 알리바바 회장 마윈(馬雲 마윈) 회장보다 훨씬 더 부자였다 한다.

마윈 회장의 재산은 1,450억 위안(우리 돈 25조 4천억 원)이라는데, 마 회장이 러시아 상트 페테르부르크에서 열린 B20 국제경제포럼에 참석해서 "알리바바를 창업한 것이 인생 최대의 실수였다. 알리바바가 내 시간을 다 앗아갔다."고 투덜거리면서 "기회가 있다면 어느 나라든 가서 조용히 하루를 보내고 싶다."고 한 친구다.

돈보다는 시간이 더 중요하다는 것을 깨달았으나, 이미 때는 늦었다.

우린 진즉에 깨달았는데…….

돈이 많아도 쉬질 못하니, 참~ 마 회장이 불쌍하다.

'돈을 가진 자는 시간을 원하고, 시간이 많은 자는 돈을 원한다.'는 것은 고금의 진리인 모양이다.

휘주 박물관을 나와 청대 옛 거리로 가나 싶었으나 간 곳은 게르마늄을 파는 곳이다.

우선 현미경 같은 기계에 무슨 약물인지 손톱 가까이 약물을 바른 다음 손가락을 대면 모세혈관이 나타나는데 이걸 보여주고는 진단을 한다.

혈류에 이상이 있는지 없는지를 말하면서, 이번에는 게르마늄으로 만든 팔찌나 목걸이를 채우고는 모세혈관이 깨끗해졌음을 보여주면서 게르마늄 팔찌나 목걸이를 파는 것이다.

이것도 지난 번 중국에 왔을 때 다 해 본 경험이다.

여기에서도 어영부영 시간을 보낸다.

그리고는 드디어 점심을 먹으러 간다.

점심은 청대 옛 거리 부근의 식당인데 메뉴는 김치찌개이다.

그리고 나서 순흥잡화점이라는 마트에 들려 참깨며, 말린 대추며, 배갈 등 고량주 등을 사게 한다.

52. 흐, 꿈도 야무지다!

2017.8.30 수

그리고는 청대 옛 거리로 간다.

밖은 섭씨 38도인데, 비가 오락가락한다.

이 거리는 송나라 때부터 형성된 둔계(屯溪) 옛 거리를 말하는데, 명·청대 건축물들을 재현하여 기념품을 파는 상가로 사용하는 거리라서 청대 옛 거리(노가 老街: old street)라고도 부른다.

이 거리에 들어서면, 패방(牌坊)이라고 하는 중국 특유의 문짝 없는 커다란 문이 노가(老街)라는 현판을 달고 우뚝 솟아 있다.

위에는 망을 보는 누(樓)가 있는데, 저길 누가 어찌 올라가나? 그것이 궁금하다.

청대 옛 거리

청대 옛 거리

여하튼 놀러 다니다 보면 궁금한 게 한두 가지가 아니다.

이 거리는 약 1.5km에 걸쳐 있는데, 우리나라 인사동을 길게 늘려 놓았다고 생각하면 된다. 교육의 도시답게 차, 벼루, 붓, 골동품 등 휘주의 문화와 전통을 파는 곳이다.

가격은 절반 정도로 깎아야 한다.

가이드 씨는 벼루, 먹, 붓 등 문방사우는 이곳에서 사는 것이 싸다는데, 가서 흥정을 해보니 당월패방군보다 비싸다.

그렇지만, 어디 그런가? 이곳에서도 무엇인가 팔아 줘야지.

그래서 빈 종이의 접부채를 하나 2,000원 주고 산다.

열심히 붓글씨 연습하여 멋지게 사군자나 시구를 적어 우리 집안 대대로 물려줄 국보급 유물로 남겨 놓겠다는 거창한 꿈을 안고.

항주의 집들

흐. 꿈도 야무지다.

3시 15분 항주로 출발한다.

황산에서 항주로 가기 위해 나오는 길은 주변이 전부 녹차 밭이다.

이곳 녹차가 유명하다고 한다.

절강성 항주로 들어서니 노란 지붕, 붉은 지붕, 회색 벽, 붉은 벽 등등 휘주와는 전혀 딴판이다.

중간에 용강 휴게소에 들린다. 16시 20분이다.

화장실에 소변기 앞에는 상전일소보(上前一少步) 문명일대보(文明一大步), 곧, '앞으로 조금만 한 발짝을 다가서면 문명은 크게 한 발짝 진보한다.'는 문구가 적혀 있다.

절강성 상인을 절상(浙商)이라 하는데, 이들의 상술이 무섭다. 예컨대,

좋은 땅이라 생각하면, 그 동네를 다 싹쓸이해 버린다고 한다. 배포도 크고, 스케일도 크며, 저희들끼리의 단결력도 아주 강하다.

이러한 장사 기술은 모두 황산의 휘상(徽商 휘주의 상인들을가리키는 말)에게 배운 것이라 한다.

절강성은 산 높고 산 밑의 맑은 물과 집들이 아름답고 평화롭다.

자원은 별로 없으나 뛰어난 인재들을 많이 배출하는 곳이란다. 예컨대, 가짜 달걀을 만들어 낸 사람도 이곳 출신이란다.

가짜 달걀은 만들어 내는데 돈이 더 많이 들기 때문에 유통하려고 만든 것이 아니고, 단지 이 정도로 막강한 기술력을 보유하고 있다는 것을 과시하기 위해 만든 것이라고 한다.

이곳의 교육 역시 황산과 비슷하다.

항주 시내

항주 시내

아들이 크면, 신발 10켤레와 북경 가는 기차표를 끊어주고 쫓아낸다. 이를 팔고 돌아오면, 이번엔 500켤레를 주고 다시 쫓아낸다.

키우는 법 역시 황산의 교육 방식을 배운 것이다.

교육열 또한 높아, 공부를 좀 한다 싶으면 집을 팔아서라도 유럽 유학을 시킨다고 한다.

이곳 출신들은 주로 장사를 해서 돈을 많이 버는 것으로 유명하지만, 상해에는 못 들어간다고 한다.

상해에서 절상(浙商)들을 철저히 견제하기 때문이라고 한다. 상해 사람도 먹고 살아야 하니깐.

오후 6시 30분 저녁은 현지식이다. 항주 가무쇼 공연장에서 그리 멀지 않은 곳이다.

52. 흐, 꿈도 야무지다!

53. 용감하지 않으면 굶어야 한다.

2017.8.30 수

저녁을 먹은 후, 7시 30분 송성 민속촌(테마파크)으로 입장한다. 8시 20분 공연 시작이니 8시 10분까지 공연장 앞에 집합하라는 명령과 함께 약 한 시간의 자유시간이다.

지난 번 왔을 때보다 민속촌의 규모가 많이 커졌다.

공연장도 전에 내가 들어가 보았던 공연장이 아니라 새로 지은 제 2 공연장이다.

송성 민속촌 입구

예전에 들어갔던 공연장 앞 무대에서는 야외 공연을 하고 있는 중이다.

야외 공연을 잠깐 보다가 가이드 씨가 일러준 대로 무대 맞은편 건물의 이층으로 올라가 민속촌 전체를 조망한다.

삼층인가 그렇게 계단을 올라 저쪽 편으로 나아가니 빈터 저쪽 편 암벽에는 커다란 돌부처가 마치 우리나라 경주 석굴암 부처님 흉내를 내며 앉아 계신다.

그 위로는 송성(宋城)이라는 큰 글씨의 네온사인이 비추고 있다.

이 이외에도 엄청 큰 누워 계신 와불도 조성되어 있고, 관능미를 자랑하며 춤추는 모습의 양귀비 조각상도 세워 놓았다.

조금 오른쪽으로 가면 비탐굴불(祕探窟佛)이라고 생긴 동굴이 있다. '굴 안의 부처님을 찾아보라'는 뜻인 모양이다.

여하튼 들어가 본다.

그 안에는 많은 부처들이 조각되어 있다. 굴 끝에는 다리가 놓여 있고 천정은 하늘의 별들로 빛나며 돌고 있는데, 마치 내가 움직이는 것 같은 착시 현상이 일어난다. 현기증에 다리가 풀려 흔들린다. 더욱 실감이 난

송성 민속촌

53. 용감하지 않으면 굶어야 한다.

송성 민속촌:

다.

이를 보려면 반드시 황산에 갔다 와서 봐야 한다. 그래야 더 다리가 흔들리면서 맥이 풀릴 테니…….

이들을 보고 이제 로망스 파크라는 네온사인과 함께 장승들이 죽 도열해 있는 계단 밑으로 내려간다.

내려가다 보면 왼쪽으로 여러 채의 건물들이 있고 각각 그 안에 약사보살, 배불뚝이 화상 등이 자리 잡고 있다. 물론 그 앞에는 돈을 넣는 함이 있음은 물론이다.

이 모든 것들이 예전엔 없던 것들이다.

다시 야외 공연장 쪽으로 간다.

무대에선 무희들이 나와 춤을 추고 있다.

송성 민속촌: 물놀이

그러나 공연은 금방 끝난다.

무대 앞 관중석 쪽 빈터 주변엔 커다란 장승 비스름한 것도 세워 놓았는데, 공연이 끝나자 무대 위와 관람석 주변의 장승과, 관람객들이 서 있던 곳 한 가운데에 세워 놓은 코끼리 상에서도 물이 분수처럼 뿜어져 나온다.

공연 끝에 물놀이를 하는 셈이다.

시원하기도 하고, 재미있기도 하다.

그러나 우리 일행들은 물놀이를 즐길 새도 없이 제 2공연장 쪽으로 바삐 가 버린다. 가이드 씨의 집합 시간이 다 되었기 때문이다.

이제부터는 우리 일행은 8시 20분 시작하는 송성가무쇼를 보아야 할 것이다.

53. 용감하지 않으면 굶어야 한다.

야외극장의 공연을 본 사람들 대부분이 송성가무쇼를 보러 가고 약 1/5정도 되는 사람들만 테마파크 여기저기를 구경한다.

난 송성가무쇼를 지난번에 보았기 때문에, 그리고 민속촌을 제대로 보지 못했기 때문에 보러 가고, Time Travel Park라는 네온사인 저쪽 편에 위치한 민속촌 쪽으로 들어간다.

지금부터 옛 시간 여행이다.

곳곳이 먹는 거 파는 곳이고, 기념품 파는 곳인데, 그 위로 늘어진 등불이 아름답다.

먹는 곳에선 이곳 특산물인 취두부(醉豆腐)도 있고 국수도 있고 닭고기도 있고 꼬치구이도 있고 다양하지만, 가까이 가면 나는 중국 음식 특유의 기름내와 묘한 향기 때문에 맛볼 엄두를 못 낸다.

이런 데선 용감해야 되는데, 전혀 용기가 나지 않는다.

용감하지 않으면 굶어야 한다는 것을 체득한다.

결국 주스만 하나 사서 배를 채운다.

옛날엔 이런 집들 이층에서 가면극도 하고 그랬는데, 시간이 늦어서인지 문 닫은 집들도 많다.

54. 송성가무쇼를 보지 않아도 재미있다.

2017.8.30 수

이것저것 구경하다가 요재경혼(聊齋驚魂)이라는 현판이 달린 곳으로 들어간다.

이른바 귀신놀이를 하는 곳이다.

컴컴한 방 안에서 길을 따라 걷다보면, 천정에서 시신이 뚝 떨어지기도 하고, 바닥이 흔들흔들하기도 하고, 요상한 귀신 울음소리가 나기도 한다.

마음을 단단히 먹어 이런 건 그러려니 했는데, 갑자기 목 뒤에 입김이 훅하고 쏟아지니 깜짝 놀라지 않을 수 없다.

가슴이 콩알만 해졌다.

송성 민속촌

송성 민속촌

옛날엔 안 그랬는데, 늙으니 많이 심약해진 모양이다.

위패를 모신 공간도 있고, 각종 귀신들이 컴컴한 방 속에서 나타났다 사라지기도 하고 여하튼 공포 분위기를 조성하는데…….

출구가 인접한 마지막 방에는 푸르스름한 빛이 비추는 가운데 까만 천에 흰 글씨로 佛曰, 心中有鬼 在有鬼!라 적혀 있다. 아마도 '부처님께서 가라사대, 마음 속에 귀신이 있다 싶으면, 귀신이 나타나는 법이다!'라는 말씀인 모양이다.

"아이구 무서워!" 하면서 나와서는 가슴을 쓸어내려 진정시킨다.

그리고는 또 다른 구경거리를 찾아 나선다. 송성 밖으로 난 문으로 나가면 또 다른 볼거리들이 있다.

이번엔 미로가 설계된 방으로 들어간다.

입구엔 O재미궁(**丛**材迷宮)현판이 달려 있다. 우리글 '쓰'자를 흘려쓴

글씨는 간자체인 모양이라서 내가 읽질 못하겠다.

누구 아시는 분이 있으시면 가르쳐 주셨음 좋겠다.

이곳은 6각형의 방들이 연결되어 있는 곳인데. 육각형 모서리 중 다섯 군데는 거울이 달려 있어 내가 꼭 그쪽에 있는 거 같다. 거울이 달리지 않은 곳으로 나오면 또 다른 방이다.

이와 같이 거울이 없는 곳을 찾아 미궁(迷宮)을 빠져나오는 놀이를 즐길 수 있는 곳이다.

송성 민속촌: 미궁

재미있는 것 참 많이도 체험해 본다.

다시 야외공연 무대 쪽으로 가 맞은편 건물 안으로 들어가니, 50여 미터가 넘는 벽을 따라 벽 앞은 푸른색으로 물이 흐르는 것을 표현했고, 그 벽에는 송나라 때의 생활을 보여주는 동영상이 펼쳐진다.

만화영화처럼 벽 속의 그림들이 움직인다. 낙타를 몰고 가는 상인, 나귀를 타고 가

54. 송성가무쇼를 보지 않아도 재미있다.

송성 민속촌

는 사람, 담소하는 사람, 주막집 풍경, 물가의 나루터 풍경 등 시시각각 변하는 것을 보고 있노라니 이것만 보고 있어도 시간가는 줄 모르겠다.

송나라 옛 거리, 강변 풍경을 보고 있는 느낌이다.

과학이 발전하니 참으로 놀라울 정도의 새로운 예술 분야가 탄생하고 즐길 거리가 생기는 것이다.

벽을 따라 걷다가 오른쪽 방으로 들어가니 거문고가 놓여 있고 그 앞에서 연주를 해 볼 수 있는 체험장이 있다.

이곳에서 나와 지하로 내려가는 계단을 보니, 지하에는 또 다른 귀신 체험장인데 문을 닫았다. 허긴 이 시간에 누가 여기 올라구!

밖으로 나와 이곳저곳을 돌아다닌다.

또 다른 계단을 힘겹게 올라가 보니, 송황궁(宋皇宮)이다.

황궁 안에는 황제복과 황후복 등 의복들을 한 옆에 걸쳐 놓고, 한쪽에는 사진사가 있다. 아마 그것을 입고 사진을 찍고 그리고 돈을 주는 곳인 모양이다.

괜히 다리도 아픈데 힘들게 올라 온 셈이다.

다시 내려오면서 무엇인가 좀 먹어야겠다고 생각해 개울을 따라 죽 이어진 음식점 골목으로 향한다.

대부분의 음식점들은 문을 닫았다. 아직 열린 음식점도 사람들이 거의 없고, 무엇을 먹을지 몰라 기웃거리다가 그만 둔다.

시간이 많이 되어 문 닫은 집도 많고 문을 닫고 있는 집들도 많다

다른 사람들이 송성가무쇼를 보는 동안 혼자서 테마파크 이곳저곳을 구경하였지만 다 보지도 못한 채 벌써 공연이 끝날 시간이 다 되어 간다.

송성가무쇼를 보지 않아도 재미있다.

송성가무쇼를 두 번 본 우리 조 조장 말에 따르면, 옛날에 본 쇼와는

송성 민속촌: 봉황 등

송성 민속촌: 제 2 공연장 앞

내용이 조금 달라졌지만 역시 볼 만하다고 한다.

송성가무쇼가 끝난 다음 9시 20분에 집합을 해서 40분에 출발하여 10시 15분에 호텔에 도착한다. 호텔 방은 다른 이들은 전부 4층에 배정했는데, 나만 5층에 배정되었다.

호텔은 4성급의 동락호텔이라는데, 방에 들어가 보니 청소도 안 한 듯 카펫이 너무 지저분하다. 방도 작고 벽의 전원 충전기도 연결이 안 된다. 우리나라 장급 여관만도 훨씬 못하다.

가이드 씨로부터 빌린 핸드폰 충전기가 전혀 소용이 없다.

여행 중 겪은 최악의 방인데, 15만원이나 더 주고 자다니! 오늘 하루만 자면 내일은 귀국해야 하니 다행이다 싶다.

55. 심청이 궁둥이가 적은 건 아니라네!

2017.8.31 목

오늘 일정은 화항관어(花港觀魚)라는 이름으로 서호 공원에서 놀고 있는 물고기와 연꽃 등을 본 후, 서호 유람선을 타고 서호 유람을 하고 점심을 먹은 후 공항으로 이동하여 귀국하면 된다.

시간은 넉넉하니 10시가 넘어서 체크아웃을 한다.

항주 관광은 오산과 성황각, 육화탑 같은 것이 있으나 이번 여행 패키지에는 안 들어 있다.

이것들은 지난 번 왔을 때 다 본 것들인 데다가, 다리도 아직 안 풀려 알밴 종아리와 허벅지가 아파서 다시 보여준다고 가자 해도 사양했을 터이다.

항주 서호공원: 홍어지

항주 서호공원: 플라타나스

요런 패키지를 선택한 것이 얼마나 다행인지 모른다.

버스를 타고 서호 공원(화항관어공원)의 주차장에 내려놓는다. 가로수의 플라타너스 나무들이 크고 굵직굵직한 게 아주 볼 만하다. 허긴 300-400년 되었다니 그럴 수도 있겠다 싶다.

이 공원은 소제 남단의 서쪽, 서리호와 소남호 사이의 반도에 있다.

청나라 강희 38년, 즉, 1699년에 현엽 황제가 서호를 유람할 때 화항관어라는 글씨를 쓴 비석을 이곳에 세웠다.

지금의 화항관어는 20여 헥타르를 점유하고 있는 대형 공원이며 전 공원을 홍어지、목단원、화항、대초평、밀림지 5개 풍경구로 나눈다.“

공원에서 호숫가 쪽으로 나아가며 일단 홍어지라는 못 속의 금붕어들을 관람한다.

팔뚝보다 굵은 금붕어들이 많기도 하다.

서호 쪽으로 나가니 호수 가장 자리에 수양버들이 하늘거리고 엄청 큰 연밭이 펼쳐져 있다.

연꽃이 크기도 크다.

심청전에서 심청이가 용궁에서 나올 때 연꽃 위에 앉아 있었다는 걸 읽은 적이 있었는데, 그때 어떻게 연꽃 위에 앉을 수 있을까라는 의문이 생겼었다.

당시 생각으론 저 조그만 연꽃 위에 심청이가 앉아 있었다면 심청이 궁둥이도 엄청 작았던 모양이라고 생각하고 말았는데…….

심청이에게 괜히 미안하다. 작은 궁둥이로 오해해서!

오늘 보니, 심청이 궁둥이가 아무리 커도 이 연꽃 위에는 앉을 수 있겠다 싶다.

작은 연꽃만 보던 사람이 어찌 심청이 엉덩이가 큰 줄을 알리오?

항주 서호 연밭

항주 서호 유람

역시 사람은 많이 보고 많이 경험해야 눈이 뜨이고 생각이 바뀌는 법이다.

이제 배를 탄다. 서호 유람이다.

오늘은 말이 맑아 지난 번 왔던 때보다 시야가 좋다. 뇌봉탑도 뚜렷하고 저쪽 호수 너머 항주의 빌딩들도 또렷하다.

유람 코스는 이전에 탔던 것과 비슷하다.

뇌봉탑을 뒤로 하고 삼담인월의 등탑도 보고 그리고 한 바퀴 돌아 풍우루 쪽에 가 내린다.

이곳에서 점심 먹을 때까지 자유 시간이다.

40분 정도의 시간을 준다.

56. 서호 주변 구경거리

2017.8.31 목

호반을 따라 오른쪽으로 가다 보면 황빈홍이라는 사람의 동상이 나오고 주~욱 더 가면, 왼편에 송나라 의사(義士)인 무송의 묘(송의사무송지묘: 宋義士武松之墓)가 나오고 조금 더 가면 모재정(慕才亭)이라는 정자가 있다.

정자 안에는 무덤이 하나 있는데, 전당분소소(錢塘芬小小)의 묘라 되어 있다.

이 분이 누군지는 모르지만. 아마 이곳 둑을 쌓는데 돈을 낸 사람 아닐까?

그리고는 북리호(北里湖)를 끼고 있는 섬으로 가는 다리가 나온다. 이

백제: 서호와 북리호를 잇는 다리

중산공원

북리호와 서호를 분리시켜주는 둑이 백제(白堤)이다.

이 다리를 건너 고산로(孤山路)를 따라 호변으로 가다 보면 루외루(樓外樓)라는 꽤 큰 음식점이 나온다.

거리의 플라타나스 나무는 역시 엄청 굵고 커서 시원하다.

루외루를 지나면 손문을 기념하는 중산 공원이 나온다. 장개석의 별장이 이곳에 있다 하여 그곳으로 들어가 본다.

보니 옛날 청행궁이라는 궁전 터이다. 문으로 들어가기 전 왼쪽 벽에 청행궁유지(淸行宮遺址)라는 표지판이 붙어 있다.

안으로 들어가 구경을 한다. 정원이 있고 그 뒤로는 자그마한 동산이 있고 정자도 있으나 장개석 별장은 어디에 있는지 모르겠다.

가이드 씨와 만나는 장소로 가려면 20분 이상 걸리니 이제 돌아가야 한다.

악왕묘

이곳을 나와 맞은 편 호숫가 쪽에는 광화복단(光華復旦)이라는 현판을 단 패방 비슷한 큰 문이 삼담인월(三潭印月)을 배경으로 서 있다.

되돌아 나와 아까 있던 곳에서 가이드를 만나기로 한 곳으로 간다. 가이드 씨가 가르쳐 준대로 북산가(北山街)로 접어든다.

조금 가다 보니 길 건너로 악왕묘(岳王廟)가 있다.

악왕묘는 송나라 때 충신인 악비를 모시고 있는 사당이다.

시간이 있으면 들어가 볼 수 있었을 텐데, 시간이 없다.

길 왼쪽으로는 상가가 있는데, 켄터키 프라이치킨 파는 곳도 있다.

들어가 일단 가격표를 찍는다. 나중에 보니 커피 라떼가 21위안이고, 아메리카노가 19위안이다. 우리 돈으로 3,500원 정도이다.

또한 이곳에도 커다란 패방 같은 문이 서 있는데, 벽혈단심(碧血丹心)이라는 현판이 붙어 있다.

56. 서호 주변 구경거리

그리고 저쪽 편으로는 연밭이 펼쳐져 있다.

벽혈단심과 악왕묘 사이에는 송나라 때의 충신으로 알려진 악비의 동상이 있다.

조금 더 나아가 이번엔 죽소원(竹素園)으로 들어 가 구경을 하며 가이드 씨가 기다리는 곳으로 방향을 잡는다.

죽소원 안으로 들어가니 어떤 사내 녀석이 대나무 그늘 밑에서 낮잠을 자고 있다.

조금 가면 명석원(名石苑)이라는 문이 나오고 그 안으로 들어서면 기이한 돌들이 놓여 있는 정원이 나온다.

대충 구경하고 나와 가이드와 만나기로 한 장소로 간다. 가는 길의 플라타나스 나무는 그 자태가 장엄하다.

항주 서호는 지난번에 와 보았지만, 화항관어, 중산공원, 악왕묘 따위

김씨네 중한 요리 집 앞 나무 뿌리

항주 공항

는 오늘이 처음이라 전혀 불만이 없다.

점심은 〈김씨네 중한요리〉라는 식당에서 먹는데, 음식은 맛이 있다. 오랜만에 입맛에 맞는 음식점이다.

그리고는 이제 항주 공항으로 간다.

그리고는 아듀!

〈황산 항주 여행기 끝〉

책 소개

* 여기 소개하는 책들은 **주문형 도서(pod: publish on demand)**이므로 시중 서점에는 없습니다. 교보문고나 부크크에 인터넷으로 주문하시면 4-5일 걸려 배송됩니다.

http//www.kyobobook.co.kr/ 참조.

http://www.bookk.co.kr/ 참조.

여행기(칼라판)

〈일본 여행기 1: 대마도 규슈〉 별 거 없다데스! 부크크. 2020. 국판 칼라 202쪽. 14,600원 / 전자책 2,000원.

〈일본 여행기 2: 고베 교토 나라 오사카〉 별 거 있다데스! 부크크. 2020. 국판 칼라 180쪽 / 전자책 2,000원.

〈타이완 일주기 1: 타이베이 타이중 아리산 타이난 가오슝〉 자연이 만든 보물 1. 부크크. 2020. 국판 칼라 208쪽. 14,900원 / 전자책 2,000원.

〈타이완 일주기 2: 헝춘 컨딩 타이동 화롄 지룽 타이베이〉 자연이 만든 보물 2. 부크크. 2020. 국판 칼라 166쪽. 13,200원 / 전자책 1,500원.

〈중국 여행기 1: 북경, 장가계, 상해, 항주〉 크다고 기죽어? 부크크. 2023. 국판 칼라 230쪽. 16,000원 / 전자책 2,000원.

〈중국 여행기 2: 계림, 서안, 화산, 황산, 항주〉 신선이 살던 곳. 부크크. 2023. 국판 칼라 312쪽. 26,100원 / 전자책 2,000원.

〈태국 여행기: 푸켓, 치앙마이, 치앙라이〉 깨달음은 상투의 길이에 비례한다. 부크크. 2023. 국판 칼라 232쪽. 16,100원 / 전자책 2,000원.

〈동남아시아 여행기: 태국 말레이시아〉 우좌! 우좌! 부크크. 2019. 국판 칼라 234쪽. 16,200원 / 전자책 2,000원.

〈동남아 여행기 1: 미얀마〉 벗으라면 벗겠어요. 부크크. 2023. 국판 칼라 320쪽. 26,900원 / 전자책 2,000원.

〈동남아 여행기 2: 태국〉 이러다 성불하겠다. 부크크. 2023. 국판 칼라 228쪽. 15,900원 / 전자책 2,000원.

〈동남아 여행기 3: 라오스, 싱가포르, 조호바루〉 도가니와 족발. 부크크. 2023. 국판 칼라 쪽. 262쪽. 19,200원 / 전자책 2,000원.

〈동남아 여행기 4: 베트남, 캄보디아〉 세상에 이런 곳이!: 하롱베이와 앙코르 와트. 부크크. 2023. 국판 칼라 338쪽. 28,700원 / 전자책 3,000원

〈인도네시아 기행〉 신(神)들의 나라. 부크크. 2023. 국판 칼라 134쪽. 12,100원 / 전자책 2,000원.

〈중앙아시아 여행기 1: 카자흐스탄, 키르기스스탄〉 천산이 품은 그림 1. 부크크. 2020. 국판 칼라 182쪽. 13,800원 / 전자책 2,000원.

〈중앙아시아 여행기 2: 카자흐스탄, 키르기스스탄〉 천산이 품은 그림 2. 부크크. 2020. 국판 칼라 180쪽. 13,700원 / 전자책 2,000원.

〈조지아, 아르메니아 여행기 1〉 코카사스의 보물을 찾아 1. 부크크. 2020. 국판 칼라 쪽. 184쪽. 13,900원 / 전자책 2,000원.

〈조지아, 아르메니아 여행기 2〉 코카사스의 보물을 찾아 2. 부크크. 2020. 국판 칼라 쪽. 182쪽. 13,800원 / 전자책 2,000원.

〈조지아, 아르메니아 여행기 3〉 코카사스의 보물을 찾아 3. 부크크. 2020. 국판 칼라 쪽. 192쪽. 14,200원 / 전자책 2,000원.

〈터키 여행기 1: 이스탄불 편〉 허망을 일깨우고. 부크크. 2021. 국판 칼라 쪽. 250쪽. 17,000원 / 전자책 2,500원.

〈터키 여행기 2: 아나톨리아 반도〉 잊혀버린 세월을 찾아서. 부크크. 2021. 국판 칼라 286쪽. 22,800원 / 전자책 2,500원.

〈시리아 요르단 이집트 기행〉 사막을 경험하면 낙타 코가 된다. 부크크. 2021. 국판 칼라 290쪽. 23,400원 / 전자책 2,500원.

〈마다가스카르 여행기〉 왜 거꾸로 서 있니? 부크크. 2019. 국판 칼라 276쪽. 21,300원 / 전자책 2,500원.

〈러시아 여행기 1부: 아시아〉 시베리아를 횡단하며. 부크크. 2019. 국판 칼라 296쪽. 24,300원 / 전자책 2,500원.

〈러시아 여행기 2부: 모스크바 / 쌩 빼쩨르부르그〉 문화와 예술의 향기. 부크크. 2019. 국판 칼라 264쪽. 19,500원 / 전자책 2,500원.

〈러시아 여행기 3부: 모스크바 / 모스크바 근교〉 동화 속의 아름다움을 꿈꾸며. 부크크. 2019. 국판 칼라 276쪽. 21.300원 / 전자책 2,500원.

〈유럽여행기 1: 서부 유럽 편〉 몇 개국 도셨어요? 부크크. 2020. 국판 칼라 280쪽. 21,900원 / 전자책 3,000원

〈유럽여행기 2: 북부 유럽 편〉 지나가는 것은 무엇이든 추억이 되는 거야. 부크크. 2020. 국판 칼라 280쪽. 21,900원 / 전자책 3,000원.

〈북유럽 여행기: 스웨덴-노르웨이〉 세계에서 제일 아름다운 곳. 부크크. 2019. 국판 칼라 256쪽. 18,300원 / 전자책 2,500원.

〈유럽 여행기: 동구 겨울 여행〉 집착이 삶의 무게라고. 부크크. 2019. 국판 칼라 300쪽. 24,900원 / 전자책 3,000원.

〈포르투갈 스페인 여행기〉 이제는 고생 끝. 하느님께서 짐을 벗겨 주셨노라! 부크크. 2020. 국판 칼라 200쪽. 14,500원 / 전자책 2,500원.

〈미국 여행기 1: 샌프란시스코, 라센, 옐로우스톤, 그랜드 캐년, 데스 밸리, 하와이〉 허! 참, 이상한 나라여! 부크크. 2020. 국판 칼라 328쪽. 27,700원 / 전자책 3,000원.

〈미국 여행기 2: 캘리포니아, 네바다, 유타, 아리조나, 오레곤, 워싱턴〉 보면 볼수록 신기한 나라! 부크크. 2020. 국판 칼라 278쪽. 21,600원 / 전자책 2,500원.

〈미국 여행기 3: 미국 동부, 남부. 중부, 캐나다 오타와 주〉 그리움을 찾아서. 부크크. 2020. 국판 칼라 286쪽. 23,100원 / 전자책 2,500원.

〈멕시코 기행〉 마야를 찾아서. 부크크. 2020. 국판 칼라 298쪽. 24,600원 / 전자책 3,000원.

〈페루 기행〉 잉카를 찾아서. 부크크. 2020. 국판 칼라 250쪽. 217,00원 / 전자책 2,500원.

〈남미 여행기 1: 도미니카 콜롬비아 볼리비아 칠레〉 아름다운 여행. 부크크. 2020. 국판 칼라 266쪽. 19,800원 / 전자책 2,000원.

〈남미 여행기 2: 아르헨티나 칠레〉 파타고니아와 이과수. 부크크. 2020. 국판 칼라 270쪽. 20,400원 / 전자책 2,000원.

〈남미 여행기 3: 브라질 스페인 그리스〉 순수와 동심의 세계. 부크크. 2020. 국판 칼라 252쪽. 17,700원 / 전자책 2,000원.

우리말 관련 사전 및 에세이

〈우리 뿌리말 사전: 말과 뜻의 가지치기〉. 재개정판. 교보문고 퍼플. 2016. 국배판 양장 916쪽. 61,300원 /전자책 20,000원.

〈우리말의 뿌리를 찾아서 1〉 코리아는 호랑이의 나라. 교보문고 퍼플. 2016. 국판 240쪽. 11,400원 / e퍼플. 2019. 전자책 247쪽. 4,000원.

〈우리말의 뿌리를 찾아서 2〉 아내는 해와 같이 높은 사람. 교보문고 퍼플. 2016. 국판 234쪽. 11,100원.

〈우리말의 뿌리를 찾아서 3〉 안데스에도 가락국이……. 교보문고 퍼플. 2017. 국판 239쪽. 11,400원.

수필: 삶의 지혜 시리즈

〈삶의 지혜 1〉 근원(根源): 앎과 삶을 위한 에세이. 교보문고 퍼플. 2017. 국판 249쪽. 10,100원.

〈삶의 지혜 2〉 아름다운 세상, 추한 세상 어느 세상에 살고 싶은가요? 교보문고 퍼플. 2017. 국판 251쪽. 10,100원.

〈삶의 지혜 3〉 정치와 정책. 교보문고. 퍼플. 2018. 국판 296쪽. 11,500원.

〈삶의 지혜 4〉 미국의 문화와 생활, 부크크. 2021. 국판 270쪽. 15,600원.

〈삶의 지혜 5〉 세상이 왜 이래? 부크크. 2021. 국판 248쪽. 14,000원.

〈삶의 지혜 6〉 삶의 흔적이 내는 소리, 부크크. 2021. 국판 280쪽. 16,000원.

기타

4차 산업사회와 정부의 역할. 부크크. 2020. 국판 84쪽. 8,200원 / 전자책 2,000원.

사회복지정책론. 송근원. 김태성. 나남 2008. 국판 480쪽. 16,000원.

4차 산업시대에 대비한 사회복지정책학. 교보문고 퍼플 [양장]. 2008. 42,700원.

사회과학자를 위한 아리마 시계열분석. 교보문고 퍼플 2018. 국판 300쪽. 10,100원.

회귀분석과 아리마 시계열분석. 한국학술정보. 2013. 크라운판 188쪽. 14,000원 / 전자책 8,400원.

지은이 소개

- 송근원

- 대전 출생

- 여행을 좋아하며 우리말과 우리 민속에 남다른 애정을 가지고 있음.

- e-mail: gwsong51@gmail.com

- 저서: 세계 각국의 여행기와 수필 및 전문서적이 있음.